로크미디어가
유혹하는
재미있는 세상
ROK
MEDIA
로크미디어

평행세계 속의 먼치킨

평행세계 속의 먼치킨 7

2023년 8월 7일 초판 1쇄 인쇄
2023년 8월 10일 초판 1쇄 발행

지은이 운천룡
발행인 강준규

기획 이기헌 왕소현 임동관 박경무 강민구 조익현
책임편집 주현진
마케팅지원 이원선

발행처 (주)로크미디어
출판등록 2003년 3월 24일
주소 서울시 마포구 마포대로 45 일진빌딩 6층
Tel (02)3273-5135 Fax (02)3273-5134
홈페이지 rokmedia.com E-mail rokmedia@empas.com

값 9,000원

ISBN 979-11-408-1136-6 (7권)
ISBN 979-11-408-0705-5 04810 (세트)

평행세계 속의 먼치킨

운천룡 퓨전 판타지 장편소설

1장 7
2장 55
3장 105
4장 153
5장 187
6장 245

1장

사람들은 드래곤을 쥐어 패고 있는 영웅의 모습이 다들 믿기지 않는지, 턱이 빠질 듯이 크게 입을 벌린 채 그것을 바라보고 있었다.

그 사람들과 달리 연준혁은 당연하다는 표정으로 고개를 끄덕였다. 팔짱을 낀 채 느긋하게 지켜보는 모습은 여유로웠다.

"오호! 너도 고통을 느낀다 이거지? 좋았어!"

입술을 핥으며 즐거운 표정으로 자신을 바라보는 영웅을 보며 동공이 세차게 흔들리는 드래곤이었다.

분명히 이곳에 있는 인간들의 기운을 느꼈을 때 저기 팔짱을 낀 채 이 상황을 바라보는 자를 제외하면 전부 개미만도 못한 놈들뿐이었다.

그중에서 제일 약한 인간이 자신을 향해 다가오자 비웃으며 입김만으로 날려 버리려고 했는데, 이상하게 소름이 돋으며 몸이 움직이지 않았다.

절대로 건드려서는 안 될 것을 본 기분?

드래곤이 느낀 그것은 본능이었다.

천적에 대한 본능.

하지만 오랜 세월 동안 천적이라는 것을 만나 본 적이 없었기에 그것이 무엇인지 깨닫지 못한 것이다.

수천 년의 세월을 살아오는 동안 이런 적은 처음이었다.

사실 수면기였던 그는 한창 꿀잠을 자고 있는데 갑자기 생성된 웜홀에 자신도 모르게 소환된 것이다.

그에 짜증이 나고 분노가 치솟아 나오자마자 포효했을 뿐이었다.

그러다가 영웅을 보았고 알 수 없는 기분에 자신이 긴장했다는 사실에 더욱더 짜증이 나서 그대로 밟아 버렸다.

당연히 죽었을 것이라 생각하고 신경 쓰지 않은 채 이 분노를 이 세상에 풀겠다고 마음먹는 그 순간이었다.

먼지구름을 가르며 날아오는 주먹을 보았다.

저깟 주먹쯤이야 하는 마음으로 대수롭지 않게 생각했는데 크나큰 오산이었다.

복부에서 느껴지는 고통은 자신이 지금까지 살면서 느껴

본 고통 중에서 가장 큰 고통이었다.

아니, 처음이었다.

이런 고통은 드래곤 생에 처음 느껴 보는 고통이었다.

드래곤의 눈은 당황과 고통이 뒤섞인 채 영웅을 바라보고 있었다.

사실 영웅의 말을 해 보라는 소리는 드래곤이 알아들을 수 없는 언어였다.

그런데 그것도 모르고 한국말로 또박또박 말해 보라고 했으니 드래곤이 그것을 알아들을 리가 없잖은가.

레드 드래곤은 이럴 리가 없다고 생각하며 정신을 차리고 영웅을 향해 다시 공격을 시작했다.

후웅—!

거대한 꼬리가 영웅을 향해 날아갔고, 영웅은 그것을 가볍게 피했다.

자신의 공격을 쥐새끼처럼 요리조리 피하는 영웅을 보며 다시 분노가 치솟은 드래곤은 영웅을 향해 마법을 난사하기 시작했다.

용언으로 뿌리는 마법의 위력은 엄청났다.

"&%$@&!"

"@&$%%@%&!"

알아듣지 못할 언어로 뭐라 뭐라 중얼거리자 사방에서 온갖 마법이 난무하기 시작했다.

쿠콰콰콰콰쾅–!

끼이잉– 쩌엉–!

화르르륵–!

빠지지직–!

모든 마법은 영웅에게 집중되어서 뿌려지고 있었다.

그것을 바라보는 각성자 협회의 사람들은 눈을 비비며 연신 자신들의 볼을 꼬집었다.

지금 드래곤이 전개하는 마법은 절대로 약한 마법이 아니었다.

하나하나가 어찌나 막강한지 산이 파이고 봉우리가 날아갔으며 땅이 녹아내리고 있었다.

지구상에 단 한 명 존재한다는 레전드급 각성자이자 대마법사도 저렇게 쉴 새 없이 마법을 난사하지는 못할 것이라 생각하며 정신을 놓은 채 그것을 바라보고 있었다.

"괴, 괴물……."

누군가가 중얼거렸다.

그가 지칭한 괴물은 드래곤이 아니었다.

저 막강한 드래곤의 마법을 온몸으로 태연하게 웃으며 맞고 있는 영웅이었다.

정말로 신나는 표정으로 온몸으로 맞아 가며 드래곤이 전개하는 마법을 직관하고 있는 영웅이었다.

드래곤이 뭐라 뭐라 중얼거리며 자신을 공격하자, 영웅은 더욱 신이 났다.

자신을 향해 천지가 개벽할 위력의 마법 공격이 쉴 새 없이 뿌려지고, 그것을 직격으로 얻어맞으면서도 영웅은 행복한 미소를 보였다.

그러다가 무언가가 생각났는지 손뼉을 치면서 중얼거렸다.

"그렇군. 우리말을 못 알아듣는 것이군."

영웅은 아무리 공격을 해도 아무렇지 않게 서 있는 자신을 두려운 눈으로 바라보는 드래곤을 보며 생각했다.

'흠, 나의 의지를 전달하면 통하려나?'

영웅은 일단 시도라도 해 보기로 했다.

그 순간 드래곤이 자신의 거대한 입을 크게 벌리더니, 엄청나게 응축된 기운을 모으기 시작했다.

고오오오오-!

응축된 기운은 작은 태양처럼 생겼고 정말로 태양처럼 엄청난 열기를 가지고 있었다.

드래곤의 입은 정확하게 영웅을 겨냥하고 있었다.

누가 보아도 영웅을 향해 저것을 쏘아 보내려는 것을 알 수 있었다.

-그만해라.

자신의 의지를 실어서 드래곤의 뇌리에 전했다.

그랬더니 움찔하더니 이내 응축된 기운을 영웅이 있는 곳을 향해 뿜었다.

쿠아아아아아아아아아—!

상상을 초월할 정도의 열기가 순식간에 영웅을 덮치고 그 주변의 모든 것들을 아이스크림 녹이듯이 녹여 버렸다.

영웅이 서 있던 자리에 있던 모든 것들이 모두 녹아 용암처럼 변해 있었다.

그 모습을 멀찍이서 지켜보던 사람들이 경악하며 입을 벌렸다.

"드, 드래곤 브레스!"

웜홀 안에 존재하는 세상에서도 전설이라고 불리는 존재가 바로 드래곤이었다.

그 드래곤이 무서운 이유는 강력한 마법들도 있었지만, 저 드래곤 브레스라 불리는 기술 때문이었다.

세상에 존재하는 모든 것을 소멸한다는 드래곤 최후의 공격.

실제로 보는 그 위력은 상상을 초월했다.

강원도 첩첩산중이었던 장소가 순식간에 평지로 바뀌었다. 브레스가 닿은 땅, 그곳에는 녹아 내린 암석으로 인한 용암 호수가 형성되었다.

파괴된 공간의 넓이는 웬만한 중소 도시 크기 정도 되었다.

저것에 맞으면 그 누구도 살아날 수 없으리라 생각했다.

하지만 곧 드래곤을 포함해서 그곳에 있는 모든 이들이 경악했다.

드래곤 브레스를 맞고도 멀쩡한 모습으로 드래곤을 바라보며 웃고 있는 영웅이 보였다.

"따끈따끈하네. 간만에 몸 좀 지졌네."

오히려 기분 좋은 미소를 지으며 드래곤을 바라보고 있었다.

"요즘 몸이 좀 결렸는데 시원하고 좋네. 한 번 더 해 줘라. 아! 말이 안 통하지."

자신의 드래곤 브레스를 정통으로 맞고도 상처 하나 없는 모습으로 자신을 바라보며 웃는 영웅을 괴물 보듯이 바라보는 드래곤이었다.

상처?

오히려 기분 좋다는 미소를 짓고 있으니 기가 막힐 노릇이었다.

드래곤은 믿을 수 없다는 표정으로 영웅을 바라보았다.

그런 드래곤을 바라보던 영웅은 조금 전에 자신의 의지를 보냈을 때 움찔한 것을 보아 대충 알아들은 게 아닐까 하는 생각이 들었다.

영웅은 입을 쩍 벌리고 침을 뚝뚝 떨어뜨리고 있는 드래곤에게 다시 자신의 의지를 전했다.

-말이 통하게 하는 마법이나 그런 거 없냐? 너 지금 이거 알

아듣고 있지?

영웅의 말에 드래곤의 동공이 더욱더 세차게 떨리기 시작했다.

그것을 보며 더욱 진하게 미소를 지었다.

-역시 알아듣네. 좋게 말할 때 말 통하게 조치해라.

영웅이 조용하게 경고했지만 드래곤의 선택은 도망이었다.

자신의 모든 공격을 받고도 멀쩡한 영웅을 더는 상대하고 싶지 않았다. 어서 자신의 보금자리로 돌아가 푹 쉬고 싶은 마음뿐이었다.

영웅을 상대했던 드래곤은 이 순간 작은 소망이 있었다.

부디 무사히 저 웜홀을 통과하는 것, 바로 그것이었다.

하지만 그 소망은 이뤄지지 않았다.

바로 뒤에서 으르릉거리며 자신을 향해 달려오는 괴물이 있었다.

빠악-!

드래곤 본이라고 들어 보았는가?

세상에서 가장 강한 물질로 이루어진 드래곤의 뼈를 칭하는 말이다.

말 그대로 그 단단함은 다이아몬드를 능가할 정도였다.

거기에 두께도 상상을 초월할 정도로 두꺼웠다.

그런 드래곤 본으로 이루어진 자신의 두개골에서 무언가

빠개지는 소리가 들려왔다.

살면서 단 한 번도 느껴 보지 못한 두통을 처음 느껴 보는 순간이었다.

눈물이란 것을 흘려 본 적이 없었는데 오늘 처음 자신의 눈물도 확인하는 드래곤이었다.

"크어어엉!"

드래곤이 울부짖었다.

이곳에 있는 사람들은 진귀한 장면을 침을 흘리면서 감상하고 있었다.

영웅에 대해 누구보다 잘 알던 연준혁도 겉으로는 태연한 척하고 있지만, 속으로는 기절할 만큼 놀라고 있었다.

자신이 느낀 드래곤의 강함은 상상 초월이었다.

프리레전드가 된 뒤로 세상 무서운 줄 모르고 지내 왔는데, 드래곤을 마주한 순간 드래곤의 몸에서 분출되는 기운에 온몸이 굳으면서 이성이 마비되었다.

포식자를 만난 동물의 기분이 이럴까?

'이것이 말로만 듣던 드래곤 피어인가?'

자신이 이 정도인데 다른 이들은 오죽하겠는가.

이미 다른 각성자들은 정신이 반쯤 나간 상태로 간신히 버티고 있었다.

드래곤은 그런 존재였다.

그러나 자신들에게는 재앙이나 다름없는 존재를 영웅은

샌드백을 때리듯이 인정사정없이 패고 있었다.

퍼퍼퍽- 퍽퍽-!

손과 발이 보이지도 않는 빠른 속도로 박자를 맞춰 가며 드래곤의 온몸을 다지고 있는 영웅. 드래곤은 연신 비명을 지르며 하염없이 맞고 있었다.

뿌각-! 우지직-! 아작-!

북을 때리던 소리는 어느 순간 무언가 박살 나는 소리로 바뀌었고, 드래곤은 흐물흐물해진 몸과 함께 그 자리에서 서서히 무너져 내렸다.

"서, 설마 주, 죽었나?"

그것을 지켜보던 각성자 중 한 명이 중얼거렸고 나머지는 이 엄청난 광경에 침을 꿀꺽 삼켰다.

영웅은 협회장의 인맥으로 단순히 웜홀을 구경하러 온 자가 아니었다.

여기에 있는 자 중에서 가장 강한 괴물이었다.

"어라? 기절도 하네."

영웅은 기절한 드래곤을 보며 신기한 표정을 지었다.

"이놈한테도 통하려나? 리스토어."

화악-!

눈부신 섬광이 드래곤을 감싸며 휘몰아쳤다.

"덩치가 커서 그런지 이펙트도 화려하네."

자신이 지금까지 리스토어를 쓰면서 이 기술이 이렇게 화려한 기술인지 처음 알았다.

그동안은 덩치가 작은 인간들만을 대상으로 사용해서 순식간에 끝났기에 이런 현상이 일어나지 않았다.

잠시 후, 눈을 뜬 드래곤은 주변을 두리번거렸다.

무언가 엄청난 악몽을 꾼 듯 정신이 몽롱했지만, 이상하게 몸은 상쾌했다.

꿈이었다고 생각하며 훌훌 털어 버리려고 하는데 눈앞에 꿈속에서 보았던 그 괴물이 서 있는 것이 아닌가.

드래곤은 잠시 눈을 껌벅이더니 앞발을 이용해 자신의 눈을 비볐다.

한참을 비비고 다시 영웅을 바라보다가, 기겁하는 표정으로 주변을 두리번거렸다.

자신이 살던 곳이 아닌 다른 세상이라는 것을 깨달은 드래곤은 악몽이라 생각했던 것이 꿈이 아닌 현실임을 알고 다급해졌다.

어서 이곳을 벗어나야 한다는 생각뿐이었다.

주변을 두리번거리던 드래곤이 웜홀을 발견하고 그쪽으로 몸을 이동하려는 찰나, 영웅이 한발 빠르게 웜홀 입구 앞을 차지했다.

"어딜 가려고?"

마지막 희망마저도 차단되자 드래곤은 울상이 되었다.

자신의 두꺼운 가죽을 뚫고 들어오는 저 어마어마한 주먹을 더는 맞기가 싫었다.

태어나서 이렇게 커다란 고통을 느낀 적도 처음이었고 자신이 왜 이런 고통을 당해야 하나 억울하기도 했다.

그저 자다가 영문도 모른 채 이쪽 세상에 소환된 것일 뿐인데 말이다. 엄밀히 따지면 자신도 피해자였다.

드래곤은 망연자실한 모습으로 멍하니 있다가, 이내 무언가 떠오른 듯이 자신의 손을 부딪치고는 허공에 손을 뻗더니 무언가를 소환했다. 그러고는 공손하게 영웅에게 그것을 바쳤다.

그것은 흔히 볼 수 있는 반지였다.

금반지처럼 생겼는데 겉면에 처음 보는 문자가 새겨져 있었다.

"뭐야, 이건? 반지? 이걸 왜 주는 거야?"

영웅이 고개를 갸우뚱거리며 드래곤을 바라보자 드래곤이 거대한 덩치로 손짓, 발짓으로 그것을 손가락에 끼우는 시늉을 했다.

"아, 손가락에 끼우라고?"

영웅은 드래곤이 하라는 대로 손가락에 끼웠고, 그 순간 반지에서 빛이 화악 하고 일어났다.

그 느낌이 자신에게 해를 끼치는 것 같지는 않았기에 그저 가만히 지켜보았다.

반지를 착용하고 드래곤을 바라보자 드래곤이 입을 열었다.

"이, 이제 내, 내 말이 들리는가?"

천하의 드래곤이 세상 공손하게 영웅에게 말하고 있었다. 아마 드래곤 생에 자신이 인간에게 이렇게 공손하게 대하는 날이 올 것이라고는 생각하지 않았을 것이다.

그래도 어쩌겠는가.

지금 상황에서 자신은 그저 영웅이라는 괴물 앞에 힘없는 도마뱀일 뿐이었다.

"어? 이야, 역시 말을 할 줄 알았구나."

"그, 그렇다. 너, 넌 누구냐. 네 정체가 무엇이냔 말이다."

"나? 평범한 인간?"

"마, 말도 안 된다. 너는 절대로 평범하지 않다!"

드래곤은 이것만은 절대로 양보하지 않겠다는 표정으로 영웅의 말에 반박했다.

"그건 너 알아서 생각하고, 올려다보기 힘든데 엎드리거나 하면 안 되나?"

"지금 나, 나에게 이, 인간 앞에서 어, 엎드리라고 하는 것이냐?"

"싫어?"

드래곤의 말에 영웅이 주먹을 말아 쥐며 천천히 들어 올렸다.

그러자 드래곤이 다급한 목소리로 말했다.
"아, 아니, 내 말은 구, 굳이 엎드릴 필요가 없다는 뜻이다. 저, 정말이다."
"그럼 뭐 다른 방법이 있나?"
"나, 나도 인간의 모습으로 변하겠다."
"오! 그런 것도 돼?"
"가능하다. 폴리모프!"
후웅-!
그 순간 드래곤의 몸에서 환한 빛이 나오기 시작하더니 서서히 작아지기 시작했다.
작아지면서 외형이 점차 사람의 형태로 바뀌었다.
환했던 빛이 조금씩 사라지고 영웅의 눈앞에는 붉은 머리를 한 청년이 자신을 바라보고 있었다.
"이, 이렇게 하면 된다."
"우와! 대박! 진짜구나. 드래곤은 무엇으로든 변할 수 있다더니."
"우리에 대해 아는가?"
"대충? 이야기는 들었지. 직접 본 적은 없지만."
인간으로 변한 드래곤은 영웅의 눈치를 살피며 말했다.
"나, 나를 어찌할 생각이냐?"
드래곤의 말에 영웅이 턱을 긁적이며 실눈을 뜨고 바라보았다. 그 모습에 두려운 표정을 지으며 연신 영웅의 눈치를 살피는 드래곤이었다.
드래곤은 본신의 모습일 때 가장 강하다.
그런데 앞의 인간에게는 본신의 모습일 때 싸웠음에도 일방적으로 맞았다.
자신도 공격하기는 했지만, 그것을 공격이라고 해야 하나?
상대방은 조금의 타격도 입지 않았는데?
그것을 다시 생각하니 눈앞의 인간이 얼마나 강한 괴물인지 새삼 깨달았다.
부르르-!
자신도 모르게 오한이 왔는지 온몸을 부르르 떠는 드래곤이었다.
"네 이름은 뭐냐?"
턱을 긁적이던 영웅이 처음 물어본 질문이었다.
"나는 레드 드래곤 헤레이스 아더라고 한다. 그냥 아더라고 부르면 된다."
"아더. 좋네. 나는 영웅이라고 한다."
"영웅?"
"그래, 이제 말도 통하고 하니 이유나 들어 볼까? 이곳에 온 이유. 왜 왔어? 이쪽 세상을 멸망시키러?"
영웅이 팔짱을 끼며 물어보자 아더가 다급하게 손을 내저으며 말했다.

"오해다! 나, 나는 드래곤이라 오랫동안 수면기에 들어간다. 한창 잘 자고 있는데 갑자기 생긴 웜홀에 의해 끌려온 것뿐이다! 정말이다! 자다가 영문도 모르고 끌려왔으니 짜증이 났었다. 그래서 보이는 대로 다 부수려고 했다."

드래곤은 솔직하게 말했다.

"웜홀이 갑자기 생겨서 너를 끌고 왔다고?"

"그렇다. 나도 처음 겪는 현상이라 매우 당황스럽다. 수천 년을 살아왔지만 이런 현상은 처음이다."

드래곤의 말에 영웅은 퍼플 웜홀을 바라보았다.

아마도 저 보라색으로 빛나는 모습은 웜홀을 생성하는 무언가가 실수로 인해 생성해서는 안 될 장소에 생성해서 생기는 오류 같은 현상이 아닐까 하는 생각이 들었다.

저 말이 사실이라면 드래곤도 피해자였다.

"손맛이 좋았는데……."

더 때릴 명분이 없었다.

자신을 바라보며 입맛을 다시는 영웅을 보고 온몸을 부르르 떠는 드래곤이었다.

그런 드래곤을 뒤로하고 영웅은 저 멀리 서 있는 연준혁을 불러 물었다.

"전에 생겼던 퍼플 웜홀은 어찌 막았다고 했지?"

"어느 순간 저절로 소멸하였습니다."

"저절로?"

"네, 저기 보시는 것처럼 저렇게 작아지다가 저절로 사라졌……."

연준혁은 퍼플 웜홀을 가리키며 말하다가 말을 멈추었다.

퍼플 웜홀이 점차 작아지고 있었다.

"헉! 아, 안 돼!"

그 모습에 드래곤이 다급하게 외치며 웜홀이 있는 곳으로 이동했다. 그리고 재빨리 작아지는 웜홀을 향해 몸을 날렸다.

하지만 드래곤은 그 웜홀 속으로 들어가지 못했다.

웜홀이 드래곤을 받아들이지 않고 그냥 통과시킨 것이다.

"아, 안 돼!"

애절하게 울부짖으며 웜홀을 향해 다시 몸을 날리는 드래곤.

하지만 소용이 없었다.

그러는 동안에도 웜홀은 점차 작아지고 있었고 색도 보라색이 아닌 다른 색으로 변해 갔다.

슈아아악-!

세면대 위에 가득 찼던 물이 배수구로 빠져나가는 소리와 함께 드래곤을 세상에 나오게 했던 웜홀이 자취를 감추었다.

아무것도 남아 있지 않은 장소를 드래곤은 망연자실한 표정으로 주저앉아 바라보았다.

그 모습이 측은해 보였는지 영웅이 다가가서 그의 어깨를 잡았다.

"저런, 사라져 버렸네. 이왕 이렇게 된 거 여기서 적응하면서 살래?"

살짝 미안한 마음이 들었다. 아까 도망가려고 했을 때 막지 않았으면 자신의 고향으로 무사히 돌아갔을 것이 아닌가.

물론, 그때는 보라색 웜홀이 이렇게 금방 사라지리라 생각하지 않았기에 벌어진 일이었지만 그래도 살짝 미안했다.

영웅의 말에 드래곤의 얼굴이 천천히 돌아 슬픈 눈으로 바라보았다.

"여기서?"

"어쩌겠어. 웜홀은 사라졌고 너는 돌아갈 방법을 모르고. 나 말고는 너를 상대할 수 있는 자도 없는 것 같으니 나랑 같이 가야지."

영웅의 말에 드래곤은 아무 말 없이 고개를 푹 숙였다.

그 모습이 어찌나 애처로운지 마음이 아플 정도였다.

"왜, 저쪽에 소중한 것들이 있나?"

그러자 드래곤이 고개를 끄덕였다.

"가족?"

고개를 저었다.

"그럼?"

"보물."

"뭐?"

영웅이 어이가 없는 표정으로 드래곤을 바라보았다.

그런 영웅의 표정과 달리 드래곤은 주먹을 불끈 쥐며 정말로 열받는다는 표정으로 이를 갈며 말했다.

“내 보물들! 그것들 모으려고 얼마나 개고생을 했는데!”

“아…….”

보물이라면 저럴 만했다.

한순간에 평생을 모아 온 자신의 전 재산을 잃었는데 어찌 슬프지 않겠는가.

“아까 보니까 아공간도 만드는 것 같던데……. 거기에 보관하지 그랬어…….”

“항상 눈앞에 보여야 한다. 이 몸이 뒹구는 그 장소에.”

드래곤이 보물이나 보석 종류에 환장한다더니 사실이었나 보다.

영웅은 그런 드래곤을 살살 달래 주었다.

“내 말만 잘 들으면 보물 줄게.”

영웅의 말에 눈물을 글썽이던 드래곤이 고개를 휙 돌리며 물었다.

“저, 정말?”

“그럼, 그럼. 일단은 안심시켜 줘야 하니까 보여 주지.”

영웅은 자신의 4차원 공간 속에서 자신이 가진 보물 일부를 꺼내 왔다.

어차피 넘쳐 나는 것이 보물들이었다.

여차하면 무림 세상에 가서 기연 사냥을 좀 하면 된다고 생각하는 영웅이었다.

눈이 부실 정도로 화려한 보물들이 자신의 눈앞에 나타나자 언제 그랬냐는 듯이 표정이 환해지는 드래곤이었다.

이것을 보니 단순한 동물인 것 같았다.

"나는 이제 영웅을 따른다."

드래곤은 보물에 눈을 떼지 못한 채 말했다.

한편, 뒤에서 이 장면을 지켜보던 협회 소속의 각성자들은 조심스럽게 연준혁에게 다가가 물었다.

"혀, 협회장님. 저, 저기 저분은 드, 등급이 어찌 되십니까?"

"레, 레전드보다 더 윗급이 존재하는 것입니까?"

이들의 궁금증은 그것이었다.

각성자 협회에 등록되어 있지 않은 강자.

저런 강자가 협회에 등록되어 있었다면 자신들이 모를 리가 없었다.

거기에 드래곤을 저렇게 일방적으로 두들겨 패는 인간이라면 레전드보다 더 강한 등급일 것이라 생각한 것이다.

"아니, 저분은 각성자가 아니시다. 그냥 일반인이시지."

"네?"

"그, 그게 무슨?"

다들 지금 연준혁이 무슨 말을 하는지 이해가 되지 않는 표정으로 서 있었다.

"설명하려면 길다. 일단 일반인인데 각성자, 아니 그냥 지구상에서 가장 강하신 분이라고 생각하면 된다."

연준혁의 말에 모두는 반박하지 못한 채 멍하니 서 있었다.

방금 보지 않았던가.

그의 엄청난 모습을.

지구상에서 가장 강하다는 말을 다들 인정하는 분위기였다.

그때 저 멀리서 영웅이 손짓하는 것을 본 연준혁은 조금의 머뭇거림도 없이 곧바로 몸을 날려 그의 곁으로 이동했다.

가까이 날아오자 쌓여 있는 보물을 보며 좋아하는 드래곤을 볼 수 있었다.

영웅은 연준혁이 잔뜩 긴장한 표정으로 자신에게 바짝 붙어 있는 모습을 보고 피식 웃었다.

프리레전드 등급임에도 드래곤을 무서워하는 것을 보니, 정말로 자신이 아니었다면 지구상에 커다란 재앙이 펼쳐졌을 거란 생각이 들었다.

영웅은 연준혁을 달래며 이야기를 했다.

"놀랐지? 대충 정리는 했는데 보다시피 이런 상황이야. 여기에서 벌어진 일들은 알아서 해결할 수 있지?"

연준혁은 고개를 격하게 끄덕이며 곧바로 대답했다.

"물론입니다. 그냥 사실대로 말하면 그만입니다."

"사실대로?"

"네! 퍼플 웜홀이 나타났고 괴수 하나가 튀어나와서 난동을 부리다가 다시 들어갔다고 말하면 그만이지요."

"그게 통할까?"

"퍼플 웜홀이면 이미 세계 각성자 협회에서 파악했을 겁니다. 퍼플 웜홀에서 나오는 파장은 특별하거든요. 그 파장을 잡기 위해 전 세계 곳곳에 레이더가 설치되어 있습니다. 아마도, 한국에 있는 레이더에 그 파장이 잡혔을 겁니다."

"흠, 그래? 그럼 알아서 잘 마무리해 줘. 하아, 결국 웜홀은 또 못 들어가 봤네."

"제가 다시 알아보도록 하겠습니다."

"아니야, 됐어. 그냥 나중에 기존 웜홀에 들어가서 경험하는 거로 할게."

연준혁은 영웅이 기존에 있는 웜홀에 들어가겠다는 말에 죄송스러운 표정을 지었다.

그 모습을 본 영웅이 피식 웃으며 말했다.

"표정이 왜 그래. 네 잘못도 아니잖아. 나 때문에 괜히 고생만 시켰네."

그러고는 연준혁의 어깨를 두드리며 저 멀리 있는 각성자들을 바라보았다.

"그나저나 저자들은 어쩌나?"

영웅의 말에 고개를 돌려 보니 자신을 따라온 협회의 각성자들이 눈에 들어왔다.

연준혁이 그들에게 오라고 손짓하자, 주춤거리면서 머뭇거리고 있었다.

"하하, 잔뜩 겁을 먹었네요. 어쩔까요? 저들의 입을 막는다고 해도 혹시라도 실수해서 오늘 일이 새어 나가면 곤란해질 텐데……. 사실이 밝혀지면 주군의 정체도 같이 밝혀야 합니다."

자신의 정체를 밝혀야 한다는 말에 영웅은 진지한 표정으로 변한 채 곰곰이 생각했다.

"흐음. 이럴 땐 방법이 있긴 한데. 워낙에 극약 처방이라서……."

"그런 방법이 있습니까?"

"응, 공포를 이용하는 방법인데, 이게 효과는 확실하거든. 뭐 딱히 저들에게 해가 되는 건 아닌데……."

"공포요?"

"응. 나에 대한 저들의 공포를 이용하는 거지. 저들이 나에 관한 이야기를 할까 봐 걱정이니까 나에 대한 공포심을 극대화하는 거지. 절대로 발설하지 못하게."

"네? 그게 가능할까요? 공포도 시간이 지나면 점점 무뎌질 수 있습니다."

"저들이 두려워하는 것은 나뿐이 아니니까 내가 생각한 방법이 더 확실하게 먹힐 거야. 일단 내가 맡지."

찝찝함이 몰려왔지만, 연준혁은 딱히 방법이 없었기에 고개를 끄덕이며 대답했다.

"아, 알겠습니다."

연준혁의 허락이 떨어지자 곧바로 몸을 돌려 직접 그들이 있는 곳으로 이동했다.

영웅이 눈앞에 나타나자, 각성자들은 기겁하며 엉덩방아를 찧었다.

"헉!"

바닥에 주저앉은 채 두려운 눈빛으로 영웅을 바라보았다.

상대는 저 무시무시한 드래곤은 가지곤 논 괴물이다.

그들의 눈에서 두려움을 느낀 영웅은 역시 이 방법이 가장 효과가 좋을 것이라 장담했다.

공포정치가 괜히 있겠는가. 그만큼 효과가 좋으니까 사용하는 것이다.

"흐음, 어찌할까?"

영웅은 일부러 오해하기 딱 좋은 단어를 조용히 중얼거렸다. 저들의 능력이라면 들을 수 있는 정도의 크기로 말이다.

역시나 효과는 확실했다.

영웅은 사악한 미소를 지으며 그들을 바라보았다.

사실 이들이 딱히 잘못한 것은 없었지만, 오늘 일은 될 수 있으면 새어 나가지 않는 것이 좋았기에 자신이 악당이 되기로 마음먹었다.

"사, 살려 주십시오! 오늘 일은 절대로 함구하겠습니다!"

"마, 맞습니다! 오늘 저는 아무것도 보지 않았습니다! 정말입니다!"

"주, 죽을 때까지 입을 다물고 있겠습니다! 사, 살려 주십시오!"

이들은 영웅이 자신들을 죽여 입막음할 것이라 오해하고 있었다. 이 정도까지 바란 것은 아닌데 살짝 입맛이 썼다.

"정말? 그것을 내가 어찌 믿지?"

"그, 그건."

당황하는 이들에게 영웅이 살짝 살기를 뿌렸다.

영웅의 살기를 직접 경험한 이들은 정신이 날아가려 하고 있었다.

이런 괴물을 일반인이라고 착각하다니.

과거의 자신에게 달려가 뺨을 때리고 싶었다.

영웅은 이들과 드래곤을 동시에 관리할 방법이 떠올랐다.

"야, 이리 와 봐."

영웅의 손짓에 보물을 바라보며 즐거워하던 드래곤이 보물들은 전부 자신의 아공간으로 밀어 넣고는 재빨리 그의 곁으로 다가왔다.

각성자들은 가뜩이나 무서운데 드래곤까지 자신들의 곁으로 다가오자 더욱더 공포에 떨었다.

"무슨 일인가."

남에게 하대만 해 와서 그런지 말투가 이상했다. 말하는 자세는 공손한데 말투는 하대라니.

저건 나중에 날 잡아서 교육해야겠다고 생각하고 서로에게 인사를 시켰다.

"인사해. 이제 서로 같이 다녀야 하니까."

영웅의 말에 각성자들이 화들짝 놀라면서 되물었다.

"네?"

지금까지 살아오면서 이렇게 심장 떨어질 것 같은 소리를 들어 본 적이 있던가?

아무리 기억을 되새겨 보아도 그런 기억은 있지 않았다.

얼굴이 사색이 된 채로 되묻는 이들을 뒤에서 지켜보던 연준혁은 안타까운 표정으로 이들을 바라보았다.

그래도 이곳의 일이 퍼져서 사태가 악화되는 것보단 나으니 어쩔 수 없었다.

드래곤은 영웅의 말에 환한 표정을 지었다.

영웅과 있는 것보다 저들과 있는 것이 심적으로 훨씬 편했기 때문이었다.

"나는 좋다. 인간들, 잘 부탁한다."

드래곤이 씨익 웃으면서 그들을 바라보았다.

거미줄에 걸린 먹이를 보는 거미의 눈빛 같았다.

물론 그 거미줄에 걸린 먹이들은 부들부들 떨며 어떠한 하소연도 못 한 채 고개를 끄덕이고 있었다.

그 상황에 영웅이 한마디 덧붙였다.

"저들한테 잘해 줘. 혹시라도, 막 대하거나 저들에게 해를 끼치면 알지?"

"알았다. 절대로 그럴 일은 없을 것이다."

"그리고 저놈들이 오늘 있었던 일을 발설하지 못하게 잘 감시하고."

"감시? 그것을 꼭 해야 하나?"

"왜? 싫어?"

"아니다. 그것보다 더 쉬운 방법을 알고 있다."

"쉬운 방법?"

"기억을 지우면 된다. 오늘 있었던 기억만 지울 수 있다."

"오호, 정말?"

드래곤의 말에 영웅은 솔깃한 표정을 지으며 부들부들 떨고 있는 각성자들을 바라보았다.

공포심에 하루하루 말라 가는 것보다 차라리 그게 나을 것 같았다.

"그거 좋네. 그럼 그렇게 해라."

"알았다."

영웅의 말에 드래곤이 세 사람을 향해 손을 뻗었다.

"이레이져 메모리."

챠라랑-!

반짝이는 가루가 그들의 머리 위에서 맴돌다가 속으로 흡수되었다.

"살짝 세뇌도 시켜 두었다. 나를 형님으로 모시도록 말이다."

드래곤의 말에 영웅이 웃었다.

알아서 척척 가려운 곳을 긁어 주고 있었다.

점점 드래곤이 맘에 드는 영웅이었다.

'말투만 교육해서 교정하면 쓸 만하겠군.'

현대사회에서 필수적인 일이니 일단 그것부터 교육해야겠다고 생각하는 영웅이었다.

이렇게 아무도 모르게 최강의 생물이 한국에 자리를 잡았다.

며칠이 지난 후.

"주군, 저건 뭐 하는 놈입니까?"

천민우와 독고영재가 누군가를 이글거리는 눈빛으로 바라보며 물었다.

그들이 바라보는 곳에는 이번에 새롭게 영웅의 수하가 된 자, 바로 레드 드래곤 헤레이스 아더가 그들과 눈싸움을 하며 서 있었다.

"너희는 뭔가?"

아더 역시 으르렁거리면서 그들을 노려보고 있었다.

그 눈빛끼리 부딪쳐서 허공에서 번개가 치는 듯한 착각이 들 정도였고 방 안의 공기는 무겁기 그지없었다.

문제는 천민우와 독고영재가 아더에게 상대가 되지 않는다는 점이다.

–그만해라. 드래곤이다.

영웅이 둘에게 전음으로 상대방에 대한 정보를 전달해 주었는데 그 말에 둘은 동시에 영웅을 바라보며 그게 무슨 소리냐는 표정으로 바라보았다.

자신들이 아는 드래곤은 전설 속의 동물로 웜홀에서도 신화로만 전해져 내려오는 몬스터였다.

레전드 등급으로도 어찌하지 못한다는 최강의 생물.

그런 전설의 존재가 뜬금없이 여기서 왜 나온단 말인가.

"그게 무슨 말씀이십니까?"

너무 놀란 나머지 육성으로 입을 열어 물어보는 천민우였다.

천민우의 말에 아더가 영웅을 바라보았다.

영웅이 한숨을 쉬면서 입을 열었다.

"인사해라. 레드 드래곤이다."

영웅이 정식으로 소개를 하자 아더가 삐딱한 시선으로 그들을 바라보며 입을 열었다.

"흥! 잘 들어라. 나는 고귀한 레드 드래곤인 헤리이스 아더다."

아더는 자신을 소개하기 싫었지만 그래도 자신이 주인으로 모시기로 한 영웅의 말이니 따랐다.

영웅은 그런 아더의 말투에 딱히 불만을 갖지 않았다.

자신이 아닌 다른 인간들을 상대할 때는 저 말투를 쓰겠다고 했고 영웅은 그러라고 허락했다.

그래서 아더는 영웅에게는 새로 배운 존대를 썼고, 그 외의 인간들에게는 저렇게 평소 하던 대로 하대하고 있었다.

아더의 소개에 천민우와 독고영재가 아까와는 다르게 긴장한 얼굴로 침을 삼키며 조심스럽게 물었다.

"저, 정말로 드, 드래곤입니까?"

"주, 주군. 저 말이 사실입니까? 그 드래곤이라는 것이 정말로 존재하는 것이었습니까?"

둘의 반응에 아더가 발끈했다.

"드래곤이라는 것이라니? 건방지다! 인간! 내 소개를 했는데 너희는 왜 안 하는 것이냐!"

후웅-!

아더가 분노한 목소리로 말하며 드래곤 피어를 내뿜었다.

세상에 존재하는 모든 생명체를 공포에 질리게 하는 기운이 그 방 안을 가득 채웠다.

"크흑!"

"헉!"

갑작스럽게 자신들을 덮치는 엄청난 기운에 둘은 당황하면서 그 기운에 맞서기 시작했다.

하지만 드래곤의 거대한 기운을 뿌리칠 수는 없었다.

그제야 확실하게 깨달았다.

영웅이 한 이야기가 거짓이 아닌 진실이라는 것을.

"그만."

영웅이 나직하게 말하자, 방 안을 가득 채웠던 피어가 순식간에 사라졌다.

"주인! 저들이 먼저 무례를 범했습니다!"

"친하게 지내라고 했지? 너희도 아더가 자기를 소개했는데 그렇게 반응하면 안 되지. 어서 자기소개부터 해."

영웅의 한마디에 살벌했던 분위기가 순식간에 가라앉았다.

"죄, 죄송합니다. 저는 천민우라고 합니다."

"나, 나는 독고영재라 하오."

둘이 뒤늦게 인사하자, 영웅은 그런 그들에게 말했다.

"전부 다 같은 내 소중한 식구들이니 친하게 지내."

"나는 주인 외에는 친하게 지내고 싶지 않습니다."

"아더……. 더는 교육을 안 해도 되겠다 싶었는데……. 아무래도 내가 너무 대충 한 거 같지?"

영웅이 아더를 바라보며 나직하게 말하자, 아더의 안색이 새하얗게 변하며 재빨리 천민우와 독고영재의 손을 잡고는 친한 척을 했다.

"하하! 주, 주인의 수하면 나와도 한 식구다. 아, 앞으로 잘 부탁한다. 인간들."

땀을 뻘뻘 흘리며 정말로 친한 듯이 억지 미소를 짓는 아더를 보며 속으로 웃음이 나왔지만, 꾹 참는 영웅이었다.

"주, 주인. 우, 우리 친합니다. 그, 그러니 교육은 더, 더는 안 해도 될 것 같습니다."

-우, 웃어라. 친한 척해.

아더가 둘에게 다급하게 텔레파시를 보냈다.

상황을 보니 영웅이 말한 교육이 무엇을 뜻하는지 대충 감이 오는 그들이었다.

드래곤과 친해져서 나쁠 것은 없었기에 이들도 재빨리 웃으며 아더와 어깨동무를 하고는 말했다.

"마, 맞습니다. 저. 저희 이제 친해질 겁니다."

"그렇습니다. 그러니 주군께서 굳이 힘들게 교, 교육까지 하실 필요는 없으실 것 같습니다."

"정말이지?"

"그렇습니다!"

셋이 동시에 복창하며 다시 한번 확인을 시켜 주었다.

"좋아, 믿어 보지."

-고맙다, 인간들. 나 아더는 은혜를 잊지 않는 드래곤이다.

그러면서 엄지를 척 올리며 씨익 웃는 아더였다.

그 모습에 아더를 보며 느꼈던 공포와 긴장이 한결 가라앉는 기분이 드는 두 사람이었다.

더욱이 저 무시무시한 드래곤이 이제 한편이라는 생각이 들자 더더욱 마음이 편안해지기 시작했다.

지금 보니 순진한 면도 제법 있는 드래곤이었다.

서로 간의 인사가 끝나자 영웅이 말했다.

"그래, 잘들 지내봐. 아더는 자다가 퍼플 웜홀에 끌려와서 이곳에 아는 이 하나 없으니 잘 챙겨 주고. 아더도 그냥 인간이라고 생각하지 말고, 동생들이라 생각하고 대해 주고."

영웅이 대수롭지 않게 말했지만 천민우와 독고영재가 화들짝 놀라며 되물었다.

"네에? 무슨 웜홀이요?"

"퍼플 웜홀."

"그, 그게 정말입니까?"

"퍼, 퍼플 웜홀이라니……. 주군께서 계시지 않았다면 정말로……."

그리 말하면서 옆에 서 있는 아더를 바라보며 침을 꿀꺽 삼켰다.

과연 퍼플 웜홀이었다.

감당되지 않는 드래곤이라는 괴물을 뱉어 내지 않았는가.

레전드 등급에 올라선 자신이 봐도 답이 나오지 않는 강함을 가진 최강의 생명체다.

아주 잠깐 자신들에게 내뿜은 기운만으로도 그 강함을 명확하게 느꼈다.

그런 강함을 보았으니 영웅의 말에 신뢰가 가고 있었다.

"퍼, 퍼플 웜홀……. 그리고 드래곤이라니."

믿기지 않는 듯한 표정으로 연신 중얼거리는 두 사람이었다.

더 깜짝 놀란 것은 저 엄청난 괴물을 수하로 받아들인 영웅이었다. 새삼 대단한 눈으로 영웅을 바라보는 두 사람이었다.

"역시 주군은 대단하십니다."

"과연 저 독고영재의 주군이십니다!"

천민우의 말에 다른 이도 아닌 아더가 그 말을 받아서 대꾸했다.

"이 몸의 주인이다. 그러니 대단한 것은 사실이지."

영웅을 칭찬했는데 자신이 기분 좋은 미소를 지으며 한껏 으쓱하고 있었다.

은근히 단순한 모습을 보이는 드래곤이었다.

그런 드래곤을 보며 천민우는 생각했다.

'주군의 곁엔 괴물들만 모여 있구나.'

그리 생각하며 아더를 시작으로 독고영재와 연준혁, 영웅까지 바라보는 천민우였다.

그리고 주먹을 불끈 쥐었다.

'나도 더욱더 수련해서 주군께 폐를 끼치는 수하가 되지 않도록 노력해야겠어.'

게으른 천재가 노력이라는 것을 장착하는 순간이었다.

천민우는 굳은 결심을 한 듯이 아더를 바라보며 말했다.

"아더 님! 저와 대련을 부탁드려도 되겠습니까?"

활활 타오르는 눈빛으로 아더를 바라보며 의지를 불태우고 있었다.

아더는 천민우의 말에 영웅을 바라보았고, 영웅이 고개를 끄덕이자 입가에 미소를 지으며 말했다.

"크윽, 이 몸에게 수련을 받고 싶다는 것인가?"

"그렇습니다!"

"좋다! 인간. 한 식구가 된 기념으로 도와주지. 하지만 각오해라. 이 몸은 대충 하지 않는다."

"바라던 바입니다!"

"가자! 여긴 내가 지리를 모르니까 네가 안내해."

"네! 주군! 그럼 저는 먼저 가 보겠습니다."

천민우의 말에 영웅이 손을 흔들며 인사했다.

"응, 열심히 잘해 봐. 아더는 너무 심하게는 하지 말고."

"알겠습니다, 주인! 가자!"

"네!"

터턱-!

아더는 영웅의 말이 끝남과 동시에 천민우를 낚아채서 하늘 위로 솟구쳤다.

콰쾅—!

콰르르르—!

투투툭—!

천장이 순식간에 박살 나고 먼지와 함께 잔해들이 우르르 쏟아져 내렸다.

그대로 천장을 뚫고 날아간 것이다.

"아! 진짜 순간 이동으로 좀 가라고!"

연준혁이 무너진 천장을 보며 버럭 화를 냈다. 그 옆에서는 그 천장을 보며 대화하는 둘이 있었다.

"잠재력만으로 한국 최강이라던 천재가 드디어 열정에 불을 붙였군요. 기대됩니다. 얼마나 강해질지 말입니다."

독고영재의 말에 영웅 역시 고개를 끄덕이며 그들이 사라진 천장을 바라보았다.

한동안 한국은 어수선한 분위기 속에서 많은 일이 있었다.

바로 한국에서 생성되었던 퍼플 웜홀 때문이었다.

세계 각성자 협회에선 한국에서 퍼플 웜홀의 파장을 감지하자마자 초비상을 걸고 프리레전드급을 대거 급파했다.

지구의 명운이 걸린 엄청난 사태였기 때문이었다.

그런데 의외로 한국은 평온했다.

아비규환이 벌어져 차마 눈을 뜨고 보지 못할 정도의 참상이 벌어졌을 거라 생각했는데, 자신들의 착각이었다.

세상 평화로운 분위기가 그들을 반기고 있었다.

그들은 그 이유를 곧 알 수 있었다.

한국 각성자 협회장인 연준혁이 퍼플 웜홀이 생성되어서 자신이 제일 먼저 달려가 확인했고, 세상에 나왔던 몬스터는 드래곤이었다고 솔직하게 이야기했다.

드래곤이라는 말에 다들 기겁하며 자신들도 모르게 한 걸음씩 뒤로 물러났다.

그러면서 주변을 두리번거리며 경계하기 시작했다.

"드, 드래곤이라니!"

"그것이 정말이오? 노, 농담이 아니고?"

"드래곤을 만났는데 미스터 연은 어찌 무사하시오?"

"저, 정말로 전설에 나오는 것처럼 강하오?"

"드래곤이 나왔는데 한국은 어찌 이리도 평화로운 것이오?"

끝도 없는 질문 세례가 연준혁에게 이어졌다.

그도 그럴 것이 실제로 현실에서 드래곤을 목격한 자는 한 명도 없었기 때문이었다.

그들이 본 드래곤은 웜홀 속에 존재하는 드래곤을 닮은

몬스터거나 아니면 소환수들이 소환하는 드래곤들이 전부였다.

소환수로 나오는 드래곤은 각성자의 능력치만큼의 힘밖에 내보이지 못하기에 예외였다.

진짜 드래곤.

실존하는 진짜를 본 적은 없었다.

연준혁은 두려움과 기대가 섞인 눈을 한 그들을 퍼플 웜홀이 생성되었던 곳으로 데려간 뒤에 그곳의 모습을 보여 주는 것으로 설명을 대신했다.

"저기 저곳이 퍼플 웜홀이 생성되었던 곳이고 바로 이곳이 드래곤이 난동을 피운 현장입니다."

연준혁의 말에 사람들은 주변을 두리번거렸다.

처음 가리킨 곳을 보니 원형의 구덩이가 파여 있었다.

하지만 그들에겐 그것이 눈에 들어오지 않았다.

그 주변에 보이는 풍경에 경악하며, 이곳에서 일어났던 일들을 각자 추리했다.

"맙소사! 저길 봐! 무언가가 녹은 흔적이야."

"기형적인 모습이 산 같은데? 서, 설마 저곳에 산이 있었던 것이오?"

한 남자가 가리키는 곳엔 기형적으로 생긴 둔덕이 보였다.

연준혁도 그가 가리키는 곳을 바라보고는 고개를 끄덕였다.

"그가 내뿜은 드래곤 브레스의 흔적입니다. 산이 말 그대로 녹아내렸습니다. 아! 산의 크기는 대충 저기 있는 저 산을 참고하시면 됩니다."

연준혁이 가리키는 곳에는 말 그대로 거대한 산이 자리하고 있었다. 그 말을 들은 사람들은 말문이 막혔는지 기이한 모양의 둔덕을 바라보았다.

이곳에 있는 자들은 프리레전드 등급의 각성자들로 그 강함은 두말하면 잔소리였다.

그런 그들이 힘을 합해서 산에 집중 공격을 한다 해도 저리 만들 수 있을지는 의문이 들었다.

아니, 불가능했다.

"'과연'이라고 해야 하나?"

"대단하군. 전설이 사실이었어."

이들이 믿는 이유가 있었다.

그곳에 남아 있는 희미한 드래곤의 기운.

미세하게 남아 있는 그 기운만으로도 그들은 소름이 돋았다.

"아직 기운이 미세하게 남아 있어. 미스터 연의 말은 사실이다. 말도 안 되게 흉포하고 날카로운 기운이야. 이 정도로도 온몸에 소름이 돋을 정도군."

"미세한 기운이 이 정도인데 실제로 본다면 도대체……."

"아마 우린 막을 수 없었을 거야."

"지구가 정말로 끝장이 날 뻔했었군."

서로의 분석에 그곳에 있던 모든 이가 공감한다는 표정으로 연신 고개를 끄덕였다.

그러다가 가장 큰 의문에 대해 질문했다.

"그런데 드래곤은 어디로 간 것이오? 설마 날아서 다른 곳으로 간 것이오?"

그렇다면 정말 큰일이었다.

만약 그렇다면 현재 지구상에 감당할 수 없는 재앙이 풀어져 있다는 소리였다.

다들 침을 꿀꺽 삼키며 연준혁의 입만을 바라보았다.

그들의 모습에 연준혁이 피식 웃으며 고개를 저었다.

"아닙니다. 그런 걱정은 하지 않으셔도 됩니다. 그 드래곤은 웜홀이 사라지려고 하자 뒤도 돌아보지 않고 뛰어 들어갔습니다. 그리고 퍼플 웜홀과 함께 사라졌습니다."

연준혁의 말에 다들 숨을 참고 있었는지 여기저기서 거친 안도의 한숨을 쉬었다.

"푸하! 다, 다행이다."

"와! 나 엄청나게 긴장했잖아. 이, 이런 괴물을 잡으려면 얼마나 많은 피해를 봐야 하는지."

"아마 잡을 순 있겠지. 다만, 그 피해가 지구 멸망급이었겠지."

"하늘이 도왔어. 신을 믿지는 않지만, 오늘만큼은 감사한 마음이 드는군.”

그들의 대화에 연준혁은 속으로 생각했다.

‘훗. 그 신께서 지금 지상에 계시지요. 당신들의 감사는 제가 잘 전달해 드리겠습니다.’

신을 직접 모시는 자의 뿌듯함이랄까.

예전 같으면 이들의 눈치를 살피며 이들의 비위를 맞추기 위해 노력했을 텐데, 이제는 그럴 필요가 없어졌다.

자신의 뒤는 신이 지켜 주고 있으니까.

“고생 많으셨소. 우리보다 더 맘고생을 하셨을 텐데 의연하게 대처를 잘하셨소.”

“아닙니다. 협회의 일원으로 당연히 해야 할 일이었습니다.”

“하하, 겸손하기도 하시오. 이곳에 와 보니 미스터 연의 말에 한 치의 거짓이 없음을 확인하였소. 세계를 대신하여 감사드리오.”

“아닙니다. 제가 뭘 한 것이 있다고. 다행히 드래곤이 알아서 돌아가 주었을 뿐인데요.”

“하하. 그래도 미스터 연에 대한 보고는 제가 아주 후하게 올리겠습니다.”

“감사합니다.”

“협회장님께선 한국에 생성된 웜홀의 뒷수습 때문에 바쁘실 텐데 인제 그만 가 보셔도 됩니다. 이곳은 저희가 조금 더

조사해 보겠습니다."

연준혁은 그들을 잠시 바라보다가 고개를 끄덕였다.

"알겠습니다. 혹시 부족한 점이 있다면 저기 있는 저희 직원들에게 말씀하시면 됩니다."

"고맙소."

연준혁이 사라지자 이들은 모여서 심각하게 이야기를 시작했다.

"정말로 저자에 대한 보고를 후하게 하실 요량입니까?"

일본에서 온 프리레전드 요시키가 물었다.

"왜 그런가?"

"아니, 솔직히 한 것이 없지 않습니까? 우연히 얻어걸린 모양인데 형평성에 어긋나는 행동이십니다."

"자네는 왜 그렇게 한국을 싫어하는 것인가?"

"네에? 하하, 무슨 오해를 하시는 겁니까? 저는 형평성에 맞지 않는다고 단장님께 조언을 드리는 것뿐입니다."

단장이라고 불린 남자가 인상을 찡그리며 요시키를 바라보았다.

하지만 요시키는 그런 것에 아랑곳하지 않고 당당하게 자신의 의견을 말했다.

"정말로 저자에 대한 보고를 후하게 올리신다면 저는 그것에 대해 정정 요구를 할 것입니다."

"하아, 어찌 되었든 지구 멸망급 재앙에 훌륭하게 대처하지 않았는가."

"하하, 무슨 말씀이십니까? 제가 듣기론 그저 무서워서 벌벌 떨고 있다가 운이 좋게 퍼플 웜홀이 사라지려고 했고, 그것을 본 드래곤이 황급하게 다시 자신이 있던 곳으로 가기 위해 들어갔다고 들었는데요. 아닙니까? 그 정도 대처는 지나가는 일반인도 할 수 있는 거 같은데요."

요시키도 지지 않겠다는 표정으로 단장을 노려보며 또박또박 반박하고 있었다.

결국 단장이 한숨을 쉬며 한발 물러섰다.

요시키는 일본을 대표하는 프리레전드였다. 그와 척을 지는 것은 곧 일본과 척을 지는 일이었다. 괜히 이들과 척을 져봐야 자신만 손해였다.

겨우 SSS급 각성자인 연준혁을 옹호하다가 프리레전드와 일본 전체를 적으로 만드는 멍청한 짓을 할 마음은 없었다.

단장이라는 직급 때문에 상사 대접은 해 주고 있지만, 이들은 엄연히 자신과 같은 프리레전드가 아닌가.

자존심도 상하고 짜증이 났지만 결국 한발 물러서는 단장이었다.

"알았네. 자네 뜻대로 하지."

단장의 말에 요시키가 그제야 표정을 풀고 환하게 웃으며 단장을 달랬다.

"하하, 감사합니다. 혹시 제가 무례를 저질러서 기분이 상하셨다면 용서를 빌겠습니다. 나중에 이 요시키의 도움이 필요하시면 언제든지 말씀만 하십시오! 그곳이 어디든지 제가 모든 것을 제쳐 두고 단장님께 곧장 달려가겠습니다."

프리레전드의 약속이었다.

천금보다 중요한 것이었고, 함부로 남발하지 않는 것이 원칙이었다.

거기에 이곳에 있는 모든 프리레전드들이 저 말을 들었으니 나중에 다른 소리도 못 할 것이다.

요시키의 말에 불편했던 마음이 풀어진 단장이 환하게 웃으며 고개를 끄덕였다.

"좋아! 내 꼭 자네를 써먹고 말 테니 각오하시게."

"하하하! 여부가 있겠습니까! 언제든지 콜만 하십시오! 자자, 어차피 상황도 끝나서 더 할 것도 없는데 제가 한잔 대접하겠습니다. 가시죠. 한국에 괜찮은 일식집이 있습니다. 그곳으로 모시겠습니다."

"하하하! 그럼 그럴까?"

"그럼요! 이 먼 곳까지 오시느라 힘들었으니 여독도 풀 겸 가시죠!"

요시키가 사람 좋은 미소를 날리며 프리레전드들을 이끌고 그 장소에서 사라졌다.

그것을 멀리서 지켜보던 한국 각성자 협회 사람들은 얼굴이 벌게진 채로 그들이 사라진 곳을 노려만 볼 뿐이었다.

"빌어먹을! 저 X바리 새끼가 저따위로 말을 하는데도 가서 빡을 날리지 못하는 나 자신이 병신 같고 싫다!"

"그건 나도 마찬가지야……. 힘없는 설움이 이런 거군."

"크흑! 분해! 분하다고!"

"염병할! 빌어먹을!"

그곳에 남은 한국 각성자 협회 사람들은 분하고 원통한 마음을 삭이며 애꿎은 땅만 발로 차 댈 뿐이었다.

독고영재, 천민우와 함께 사무실에서 차를 마시고 있던 연준혁에게 수하가 조심스럽게 다가와 무언가를 건넸다.

퍼플 웜홀에서 일어난 일에 대한 보고서였다.

대부분은 자신이 잘 알고 있는 것이라 대충 보면서 넘겼다.

그러다가 마지막에 세계 각성자 연합에서 파견 온 프리레전드의 대화 내용이 담긴 보고서를 보고는 부들부들 떨기 시작했다.

연준혁의 표정이 심상치 않음을 느낀 천민우가 물었다.

"형님, 무슨 안 좋은 보고라도 있는 겁니까? 표정이 많이 안 좋습니다."

천민우의 말에 연준혁이 자신이 보고 있는 그 부분을 천민우에게 보여 주었다. 천민우와 독고영재는 궁금증에 서로 고개를 맞대고 그것을 보았다. 그리고 잠시 후에 천민우가 보고서를 있는 힘껏 꾸기면서 책상을 내리쳤다.

쾅-!

"이 X발! X바리 새끼들이!"

독고영재 역시 얼굴이 붉게 변하면서 화를 감추지 못하고 있었다.

"요시키라고? 내 이놈을 가만두지 않겠다!"

결국 벌떡 일어나 분노를 토해 내는 독고영재였다.

하지만 화가 난다고 정말로 가서 보고서에 나와 있는 요시키라는 일본인을 어찌하진 못한다.

일단 소속부터가 세계 각성자 연합 소속이었다.

자신도 그 각성자 중 하나였기에 함부로 그를 어쩌지는 못했다. 물론 강하기야 독고영재가 더 강했지만, 그렇다고 해도 할 수 있는 게 없는 것은 여전했다.

세 명이 분하고 억울함에 부들거리고 있을 때, 영웅이 문을 열고 들어왔다.

"뭐야? 여기 공기가 왜 이래?"

영웅이 등장하자 다른 이도 아니고 독고영재가 주군을 외치며 자신을 괴롭히던 사람을 일러바치는 어린아이 같은 모습을 보였다.

"주군!"

독고영재가 자신에게 달려와 억울하다는 표정과 목소리로 하소연했다.

그 모습에 당황한 영웅이 물었다.

“뭐, 뭐야? 왜 이래?”

“주군! 억울합니다! 억울함을 좀 풀어 주십시오!”

“억울? 억울하다니? 뭐가?”

영웅은 이게 지금 무슨 상황인지 파악되지 않는지 연준혁을 바라보았다.

그러자 연준혁이 이들이 왜 이러는지에 대해 차근차근 알아듣게 설명해 주었다.

“요시키라고 일본의 프리레전드가 있습니다. 그자가 글쎄…….”

영웅은 묵묵히 연준혁의 이야기를 들었다.

“……이런 상황입니다. 하아……. 왜 이렇게 우리를 미워하는지 이해를 할 수가 없습니다. 오히려 미워해야 할 사람들은 우리인데 말입니다.”

이야기를 다 들은 영웅은 씨익 웃으며 말했다.

“정말? 정말로 그랬어? 하하……. 그랬단 말이지?”

2장

영웅의 차가운 말에 연준혁은 순간적으로 아차 하는 마음이 들었다.

자신이 지금 하소연을 한 사람이 누구인가?

마음만 먹으면 일본이라는 나라를 지구상에서 깨끗하게 지워 버릴 수 있는 사람이었다.

연준혁은 자신도 모르게 침을 꿀꺽 삼키며 영웅을 바라보았다.

그의 표정은 웃고 있지만, 영웅의 몸에서는 소름이 돋을 정도의 한기가 흘러나오고 있었다.

그런 영웅의 모습에 뒤에 따라오던 아더가 공포에 질린 얼굴을 한 채 그대로 굳었다.

짐승의 촉이 지금 엄청 위험한 상황임을 알려 주고 있다.

영웅은 한쪽 입꼬리가 묘하게 올라간 모양으로 연준혁에게 물었다.

"건방진 섬나라 원숭이 놈들이 뭘 어찌했다고? 그놈들 어딨냐? 응?"

격한 영웅의 반응에 오히려 당사자인 연준혁이 자신은 괜찮다며 영웅을 만류하고 나섰다.

"주, 주군! 저는 괜찮습니다."

"아냐, 아냐. 나는 지금 매우 안정이 된 상태야. 그러니까 말해 봐. 그 새끼들 어딨어?"

"주군……."

"아더!"

"네! 주인!"

"이놈이랑 비슷한 힘을 가진 놈들이 모여 있는 장소를 찾아!"

"알았습니다!"

점점 사태가 커지고 있었다.

연준혁은 정말로 괜찮다는 표정으로 영웅을 필사적으로 말렸다.

"주군! 지금 주군께서 나서신다면 그토록 감추려 했던 주군의 신상이 세상에 알려지게 됩니다!"

"지금 내 신상이 세상에 알려지는 게 중요해? 내 사람이 그런 모욕을 당했는데!"

"주군……."

영웅의 말에 순간적으로 감동한 연준혁은 울먹거리며 잠시 말을 잇지 못했다.

그러다 다시 정신을 바짝 차리고 영웅 앞에 엎드리며 말했다.

"이, 이런 못난 수하 때문에 주군께서 그토록 지키시려 했던 비밀이 드러나게 할 수는 없습니다! 소신을 생각하시는 주군의 크나큰 마음은 잘 알겠으니 제발 거두어 주십시오!"

연준혁의 옆에 있던 천민우과 독고영재 역시 영웅을 말리고 나섰다.

"주군, 지금 주군께서 나서시면 준혁이 형이 더욱더 곤란해집니다."

"맞습니다. 참으시지요. 주군."

그 상황에 나가려던 아더는 움직임을 멈춘 채 상황을 지켜보고 있었다.

왠지 영웅이 자신에게 내린 명령이 철회될 것 같은 촉이 온 것이다.

과연 드래곤이라 그런지 촉이 정확했다.

"아더, 되었다."

'그렇지! 휴우. 하마터면 귀찮은 일을 할 뻔했네. 그런데 주인은 왜 저런 일에 흥분하는 거지?'

아직 정이라는 것이 무엇인지 모르는 드래곤이었기에 지금 상황을 잘 이해를 못 하고 있는 것이다.

고개를 갸웃거리며 이해해 보려고 노력하는 아더였다.

영웅은 잠시 고개를 숙이고 분을 삭이고 있었다.

맘 같아서는 일본 자체를 세상에서 지워 버리고 싶었지만 참았다.

대신 저들이 다시는 연준혁을 함부로 하지 못하도록 그의 경지를 더 올려야겠다고 다짐하는 영웅이었다.

"너의 경지를 더 올려야겠다."

"알겠습니다."

"아니, 내가 직접 너의 경지를 올린다. 어디 가서 내 사람이 무시당하는 꼴은 내가 못 보지!"

"네?"

"오늘부터 특훈이다!"

"주, 주군?"

"아더! 시간을 느리게 하는 마법 같은 것은 없나?"

"있습니다. 펼쳐 드릴까요?"

"아니, 여기 말고 내가 말한 장소에 펼쳐 줘."

그리고 이글이글 불타오르는 눈빛으로 연준혁을 바라보며 말했다.

"너의 수련 상대는 이제부터 나다!"

어찌나 열정적인지 연준혁의 몸에서 오한이 들었다.

영웅의 말에 연준혁은 그냥 그놈들한테 영웅이 가도록 내버려 둘 걸 하고 생각했다.

말을 끝내고 이미 문이 있는 쪽으로 걸어가는 영웅의 등을 보며 한숨을 쉬는 연준혁에게 천민우가 다가와 말했다.

"힘내, 형. 각오는……. 하고 가는 것이 좋을 거야. 주군…… 사전에 대충은 없어."

그러면서 안쓰러운 표정으로 자신의 등을 토닥이고는 자리를 슬며시 뜨려는 천민우였다.

"셋 다 따라와!"

문 앞에서 멈춘 영웅이 뒤를 돌아보며 말했다.

그와 동시에 천민우와 독고영재가 동시에 눈을 동그랗게 뜨며 말했다.

"저, 저희도요?"

"그래! 너희도 약해! 따라와!"

그러고는 문을 벌컥 열고 나가는 영웅이었다.

"저, 저는 아더 님과 여태 수련하고 왔는데……."

천민우는 억울하다는 표정으로 항변했지만 이미 영웅은 사라지고 난 뒤였다.

연준혁이 미안한 표정으로 천민우의 어깨를 토닥였다. 독고영재와 함께 셋은 고개를 푹 숙이고 도살장에 끌려가는 소처럼 문밖으로 나섰다.

쿠콰콰쾅—!
"끄아아아악!"
"사, 살려 줘!"
화악—!
쿠콰콰쾅—!
"으아아악!"
"제, 제발 그만!"
화악—!
한바탕 폭음 소리와 비명이 난무하고 환한 빛이 그곳을 비추면 다시 똑같은 패턴이 시작되었다.
이곳은 바로 천민우가 수련을 하는 수련장이었다.
아더가 드래곤의 마법으로 더욱 강력하게 변화시킨 데다, 시간까지 느리게 흐르도록 마법까지 걸어 둔 상태였다.
아더는 그곳에 앉아서 그들이 수련하는 장면을 지켜보고 있었다. 요즘은 영웅의 일거수일투족을 지켜보는 재미로 사는 아더였다.
그곳의 바닥에는 사람인지 걸레인지 구분이 안 되는 것들이 바닥 여기저기에 널브러져 있었다.
이따금씩 꿈틀거리는 것을 보니 사람이 분명했다.
그것들의 정체는 바로 영웅에게 끌려온 연준혁과 천민우,

독고영재였다.

"자, 휴식 끝! 리스토어!"

화악-!

세 사람은 저 리스토어라는 단어가 이토록 공포스럽고 무서운 단어였는지 이제야 알았다.

하지만 이들은 영웅에게 불만을 표하지 못했다.

자신들을 얼마나 생각하고 아끼는지 이번에 확실하게 느꼈기 때문이었다. 그래서 이들은 고통스럽고 힘들어도 이를 악물고 버티고 있었다.

이런 모습을 곁에서 지켜보던 아더는 속으로 생각했다.

'절대 주인과 수련은 하지 않겠다.'

아더는 누구보다 잘 알고 있었다.

여기 있는 사람 중에서 가장 확실하게 영웅의 힘을 체감한 이는 아더뿐이고 또 영웅이 자신을 상대할 때 진심으로 상대를 한 것도 아니라는 것을 잘 알고 있었다.

'주인을 이길 자는 내가 살던 세상에서도 존재하지 않는다. 드래곤 일족이 모두 덤빈다면…….'

여러 가지 가설을 세워서 대입해 보았지만, 결론은 영웅의 승리였다. 비등비등했다면 이렇게 좌절하지도 않았다.

아무리 생각하고 머리를 굴려 봐도 영웅의 압도적인 승리였다.

'마왕군이랑 싸운다면?'

마지막으로 떠오른 생각은 자신이 살던 세상에서 가장 골치 아프던 존재들.

바로 마계에 사는 마왕군이었다.

그들은 드래곤 일족이 전부 나서서 싸워야만 겨우 막을 수 있을 정도로 막강한 놈들이었다.

오죽했으면 자신들의 존재 이유가 마왕군으로부터 인간 세계를 지키기 위함이라고 생각했을까.

그 지긋지긋한 놈들을 대입해 보았다.

결론을 내린 아더의 머릿속에는 걸레짝이 되어 땅바닥에서 기어 다니는 마왕이 보였다.

'상대가 안 돼. 너무 강해. 인간이 어찌 저리 강할 수가 있지?'

아무리 생각해도 상식 밖의 존재였다.

'인간이 아닌가? 유희를 나온 신인가?'

자신이 이해할 수 있는 상식선에서 가장 그럴듯한 답이었다.

신이 아니고서야 저런 무지막지한 힘을 보유하고 있을 리가 없었다. 더군다나 지금 아무렇게나 뿌려 대는 저 리스토어라는 기술을 보라.

신관들도 한 번 사용하면 며칠은 앓아누워야 한다는 광역 신성 스킬을 아무렇지도 않게 남발하고 있었다.

마왕군 놈들이 저 모습을 보면 오금이 저릴 것이다.

신성 기술은 그들과 상극이었으니까.

이렇게 영웅을 관찰하며 지내는 것, 이것이 요즘 아더의 하루였다.

'그나저나 정말로 강해지고 있네. 저런 허접한 놈들도 이렇게 빠른 시간 만에 강해지게 만들다니. 과연 내 주인이다.'

어느새 영웅을 주인으로 모시는 것을 당연하게 생각하고 있는 아더였다.

그리고 그런 주인을 모시는 자신을 자랑스럽게 생각하고 있었지만, 그 사실은 깨닫지 못하고 있었다.

언젠가 자신의 세상에 돌아가게 된다면 그곳에서 자신을 우습게 보던 자들에게 주인을 꼭 소개해 주고 싶다고 생각했다.

자신의 사람을 저리도 끔찍이 생각하는 주인이니, 아더가 살던 세상에서 자신을 무시하던 다른 드래곤 종족 놈들을 혼내 줄 것이라는 행복한 생각을 하면서 말이다.

사실 아더는 자신이 살던 세상에서 혼자였다. 자신의 부모였던 드래곤들이 마왕군에게 당하고 홀로 남은 것이다.

홀로 남은 그를 돌봐 줄 드래곤은 없었다. 원래 드래곤이라는 종족 자체가 남에게 관심이 크지 않은 데다, 자기 자식도 아니고 심지어 일족도 아닌 드래곤을 키워 줄 드래곤은 존재하지 않았다.

그런 그를 받아 준 것이 골드 드래곤 아라네스였다.

그녀에게서 많은 것을 배우며 그녀를 부모처럼 따랐다.

하지만 2차 마계대전에서 그녀마저 행방불명이 되었고, 그의 성격은 포악하게 변해 버렸다.

그는 전투의 최전선에서 앞장서서 마왕군을 처단하고 다녔다.

마치 피에 굶주린 미친 데빌 드래곤 같은 모습을 하고 다녔다.

그 때문에 레드 드래곤은 흉폭하고 성질이 더럽고 인정사정없으며 잔혹하다는 소문이 돌 정도였다.

마계대전이 끝나고 드래곤들은 전통에 따라 전공을 나누려 했다.

드래곤 종족 중에서 가장 많은 전공을 세운 자가 바로 레드 드래곤인 아더였다.

문제는 다른 드래곤들은 그를 인정하지 않았다는 것.

아더 때문에 자신들의 대한 이미지도 나빠진 데다가 전쟁 중에 이들과 많이 부딪치며 사이가 안 좋아질 대로 안 좋아진 상태였다.

드래곤 일족 사이에서 아더는 혼자가 되었다.

아무도 그를 반겨 주지 않았고 아무도 그를 상대하지 않았다.

누구보다 열심히 세상을 위해 싸웠지만 돌아오는 건 높아진 자신의 악명과 다른 드래곤의 시기, 질투였다.

이에 크게 실망한 아더는 아무도 찾지 않는 곳에 레어를 만들고 기나긴 수면기에 들었다.

그렇게 수면기에 들어서 안정을 되찾아 갈 때쯤에 갑자기 영문도 모르고 이 낯선 세상으로 끌려온 것이다.

그렇게 과거를 회상하던 아더는 주변을 둘러보았다.

이제 자신은 더는 혼자가 아니었다.

주인과 주인을 따르는 모든 이들이 자기 가족이었다.

이제 종족은 중요하지 않았다.

"아더, 배고프다. 밥 먹자!"

주인의 저 자애로운 음성에 환한 미소를 지은 아더는 그에게 달려가며 힘차게 대답했다.

"네!"

이번만큼은 반드시 이 행복을 지키겠다고 다짐을 하면서.

세계 각성자 협회.

이들이 하는 일은 많고 많았지만, 그중에서도 가장 중요한 일이 있었다.

바로 프리레전드 등급을 신청하는 각성자들의 힘을 테스트하는 것.

프리레전드 이상의 각성자는 세계 평화를 유지하는 데에

도 중요한 역할을 갖는다.

또한, 각 나라의 외교에도 엄청난 영향을 미치는 중요한 인물들이었기에 협회에서 가장 많이 신경을 쓰는 일이었다.

프리레전드급부터는 국가 단위에서는 측정이 되지 않는다.

각 국가에 있는 협회에 배치된 측정기는 SSS급까지만 측정이 되도록 설정되어 있기 때문이다.

그 때문에 측정 불가가 뜬다거나 자신이 생각했을 때 경지가 SSS급을 넘어섰다고 생각하면 세계 각성자 협회에 직접 신청을 해서 심사를 받아야 했다.

보통은 프리레전드 등급의 테스트를 신청하는 자들이 많았다.

반면 레전드 등급은 인간의 영역을 넘어선 자들이었기에 몇 년에 한 번 신청이 나올까 말까였고, 신청하는 자가 있다면 그날로 전 세계 톱 뉴스거리가 되었다.

그런데 동양의 작은 나라, 한국에서 한 명도 아니고 무려 두 명이 레전드 등급 심사를 신청한 것이다.

전 세계는 발칵 뒤집혔다.

특히, 중국과 일본은 난리가 났다.

다른 곳도 아니고 가장 경계하는 나라가 바로 한국이 아니던가.

이들은 다급하게 세계 각성자 협회 본부가 있는 미국으로 향했다.

진실을 알기 위함이었다.

세계 각성자 협회는 전 세계에서 온 기자들로 인해 북새통을 이루고 있었다.

몇 년 만에 레전드 등급으로 승급 신청을 한 자가 나타난데다가 그 신청자가 둘이라는 점, 거기에 그 둘 모두 한국이라는 나라에서 온 자들이라는 점 때문이었다.

천민우도 프리레전드 등급으로 승급을 요청했지만, 그것은 이 둘의 엄청난 화제성에 묻혔고 천민우는 씁쓸한 표정을 지었다.

승급 심사장에는 한국 각성자 협회의 협회장인 연준혁과 천지회주인 독고영재 두 사람이 나란히 서 있고 그 앞에는 진중한 표정으로 둘을 바라보는 세 사람이 있었다.

이들이 바로 세계 각성자 협회를 대표하는 레전드 등급의 각성자들이었다.

"흐음, 둘 다 SSS급 각성자였군요."

"그렇습니다."

"SSS급에서 바로 레전드 등급으로 승급 심사를 요청한 사람은 그대들이 처음입니다. 혹시나 해서 묻는 건데 프리레전드와 착각하신 건 아니겠죠?"

"아닙니다. 저희는 분명히 레전드 등급으로 승급 심사를 받으러 왔습니다.”

연준혁의 말에 세 레전드 등급의 각성자들이 서로를 바라보며 의견을 조율하기 시작했다.

그러더니 고개를 끄덕이고는 입을 열었다.

“알겠소. 하지만 명심하시오. 레전드 등급의 승급 심사는 엄청 힘들다는 것을 말이오.”

연준혁과 독고영재를 심사할 세 사람은 오늘 이 심사를 평소보다 더욱더 엄격하고 철저하게 할 작정이었다.

전 세계의 모든 시선이 자신들에게 향한 것도 있지만, 변방의 소국에서 자신들과 같은 등급의 각성자들이 나온다는 것은 자존심이 상하는 문제이기도 했기 때문이다.

특히 셋 중에 가장 표정이 좋지 않은 사람은 바로 중국을 대표하는 레전드급 각성자인 남궁성이었다.

‘건방진 놈들. 약한 놈들만 있는 세상에서 최고의 자리에 있다 보니 레전드 등급이 해 볼 만했었나 보군. 오냐, 오늘 레전드 등급이 되지 못한다면 우리를 농락했다고 판단하고 아주 병신을 만들어 주마.’

이글거리는 눈으로 두 사람을 노려보는 남궁성이었고 연준혁과 독고영재는 그것을 확실하게 느끼고 있었다.

-아주 대놓고 압박을 주는군요. 그런데도 다른 이들이 제지하지 않고 있습니다.

-흥! 자기들 딴에는 자존심이 상하는 것이겠지. 여태껏 변방

의 작은 나라로 알고 있었고, 심지어 저기 가운데 있는 놈은 우리를 자기들 속국이라고 생각하고 있을 테니 말이야.

—훗, 흥분을 가라앉히시지요. 자칫 여기서 실수해서 승급에 떨어진다면…… 아시잖습니까. 주군과 단독 면담이라는 거…….

연준혁의 전음에 독고영재가 움찔하더니 굳은 표정이 되었다.

독고영재가 움찔한 이유는 승급 심사에서 떨어진다면 영웅과 단독 면담을 해야 하기 때문이었다.

말이 좋아 단독 면담이지, 면담을 가장한 실전 대련이었다.

나이가 있다고 인정을 봐주는 영웅이 아니었기에 자신도 모르게 침을 꿀꺽 삼키며 긴장한 것이다.

그 모습을 자신의 기운에 긴장했다고 착각한 남궁성은 비웃음을 날렸다.

'흥, 겨우 이 정도 기운에 저렇게 긴장을 하다니 형편없는 놈들이군.'

더 볼 것도 없다고 판단한 남궁성은 저놈들을 어찌할까 고민을 했다.

한편, 연준혁은 자신의 전음 때문에 독고영재가 잔뜩 긴장한 것을 보고 속으로 웃었다.

천지회주라고 하면 한국에서는 알아주는 고수가 아니던가.

자신도 한때는 천지회주를 동경하며 그와 같은 고수가 되기를 희망하지 않았던가.

그렇게 동경했던 사람이 이리도 긴장하며 기합이 바짝 들어 있는 것을 보니, 영웅이 얼마나 엄청난 사람인지 새삼 느껴졌다.

영웅을 생각하고 앞에 앉아서 세상 근엄한 표정으로 자신들을 바라보는 세 명의 레전드급 각성자들을 보니 속으로 웃음이 나왔다.

–회주님, 긴장하지 마십시오. 주군을 떠올리며 저들을 바라보면 한결 편안해지실 것입니다.

연준혁의 전음에 독고영재가 다시 움찔하더니 이내 편안한 표정으로 바뀌었다.

영웅을 생각하고 앞에 심사하는 레전드 등급을 보니 우스워 보였다. 덕분에 독고영재도 긴장이 어느 정도 풀렸다.

그때 레전드급 각성자 중 콧수염을 멋들어지게 다듬은 남자가 예의 바르게 설명하기 시작했다.

"자, 그럼 심사를 시작하겠소. 심사의 방법은 세 가지요. 첫 번째는 능력치를 볼 것이고 두 번째는 그 능력을 정말로 자유자재로 사용할 수 있는지 볼 것이오. 세 번째는 그 능력치를 가지고 우리 중 한 명과 대련을 하면 되오. 해서 모든 절차를 무사히 통과하면 그대들은 새로운 레전드 등급의 각성자가 될 것이오."

콧수염 남자의 설명이 끝나자 옆에 있는 금발의 남자가 손짓하며 말했다.

"우리를 따라오시오."

세 명의 레전드급 각성자가 자리에서 일어나 그들을 데리고 어디론가 이동했다.

그곳에는 거대한 눈 모양을 한 조형물이 눈을 감은 채 공중에 매달려 있었고, 그 아래에는 붉은 원이 그려져 있었다.

금발의 남자가 연준혁과 독고영재에게 그 붉은 원을 가리키며 말했다.

"저 앞에 서시오."

일명 '헬리오스의 눈'이라 불리는 아이템이다.

이 아이템은 각성자의 능력과 수치를 측정하는 능력을 가졌다.

영웅이 사용하던 만물의 눈의 상위 버전이라고 보면 되었다.

연준혁이 먼저 표시된 장소에 정자세로 섰다.

그러자 거대한 눈 모양의 물체가 눈을 번쩍 떴고 이내 눈에서 노란빛의 광선이 연준혁을 감싸더니 눈이 연준혁을 위아래로 스캔하기 시작했다.

쯔응-!

삐리리리릭-!

곧바로 앞에 있는 거대한 모니터에 연준혁에 관련한 데이터가 줄줄이 나오기 시작했다.

[각성 인간]

[등급 : 레전드]

[초인력 : 269,780]

[현재 상태 : 차분, 호기심]

[선악력 : 선-90% 악-10%]

[포스 분석 : 순수하고 정제된 기운]

모니터에 나온 정보에는 정확하게 연준혁의 등급이 레전드라고 찍혀 있었다.

초인력 역시 그들이 만든 기준을 월등히 초과한 상태였다.

직접 출력된 데이터를 본 심사를 맡은 세 사람은 경악했다.

"허……. 거짓이 아니었군."

"지, 진짜였나?"

"이, 이럴 수가."

변방의 호기라고 생각했건만, 나온 결과는 충격이었다.

정말로 저자는 레전드급 각성자의 모든 조건을 충족하고 있었다.

놀란 표정으로 연준혁을 바라보던 세 사람은 뒤이어 그 자리에 선 독고영재를 바라보았다.

"설마 저자도?"

만약 독고영재까지 레전드 등급이 뜬다면 한국이라는 나라는 약소국에서 단번에 초강대국으로 그 위상이 올라가 버린다.

남궁성의 얼굴이 종잇장 구겨지듯이 구겨지고 있었다. 아까 저들이 보인 반응은 자신의 위압 때문이 아니라는 것을 깨달은 것이다.

이제 한국에 중국의 위상이 밀리게 생겼다.

그런 남궁성의 마음에 보답이라도 하려는지, 모니터에 출력되는 데이터에는 독고영재 역시 레전드 등급이라는 문구가 나오고 있었다.

[각성 인간]

[등급 : 레전드]

[초인력 : 379,480]

[현재 상태 : 흥분, 호승심]

[선악력 : 선-80% 악-20%]

[포스 분석 : 호기롭고 진취적인 기운]

심지어 독고영재의 초인력은 자신과 비등할 정도로 강했다.

변방의 소국에서 레전드 등급이 둘이나 나온 것도 열받아

죽겠는데 자신과 비슷한 초인력을 가지고 있다고 나오니 화가 치밀었다.

지금 당장이라도 달려 나가 대결해서 저 데이터의 진실 유무를 확인하고 싶었다.

하지만 참아야 했다.

마지막에 저자와 대련을 할 수 있으니, 그때 진짜인지 아닌지 확인해 보면 될 일이었다.

그런 남궁성과 달리 나머지 두 레전드들은 미소를 지으며 말했다.

"이야, 정말이었군요. 한국이라고 했나요? 언제 한번 놀러 가겠습니다."

"한국이라는 나라가 새삼 궁금해지는군요."

두 사람의 말에 연준혁이 미소를 지으며 말했다.

"하하, 놀러 오신다면 제가 최선을 다해 모시도록 하겠습니다."

"하하하! 덕분에 즐거운 여행을 할 수 있겠군요. 자 자, 이제 다음 단계로 넘어갑시다."

콧수염 남자와 금발의 남자가 환하게 웃으며 연준혁과 독고 영재를 다음 단계 장소로 안내했다.

그들은 이동 중에도 이런저런 이야기를 나누었다.

그 뒤로 남궁성이 따라가며 이를 바득바득 갈고 있었다.

2단계는 각자 가장 자신 있어 하는 능력을 보이는 것이었는데, 역시 무난하게 통과되었다.

어차피 2단계는 형식이나 다름없었고, 이어지는 3단계, 대련 역시 마찬가지였다. 혹시라도 있을 데이터 오류를 방지하고자 하는 성격이 강했지만, 사실상 현재는 그냥 새로운 레전드를 환영하는 친목 도모의 장 같은 개념으로 바뀌어 있었다.

하지만 오늘은 그 친목 도모가 될 것 같지 않았다.

뒤에서 무서운 기세로 이들을 바라보는 남궁성 때문이었다.

다른 레전드 등급들이 그것을 아까부터 눈치채고 있었지만, 그저 호승심에 의한 것이라 생각했다.

그러나 지금 보니 그런 것이 아닌 듯했다.

호승심이라고 치부하기엔 그의 몸에서 나오는 기세는 철천지원수를 대하는 것같이 날카롭게 흘러나오고 있었다.

“이보게, 자네 왜 이러는가. 진정하게.”

“맞네. 지금 자네의 모습은 마치 적을 눈앞에 둔 자 같네.”

보다 못해 두 사람이 나서서 말리자, 남궁성이 콧김을 확 내뿜으며 답했다.

“리차드! 마르코! 자네들이야말로 무슨 소리를 하는가! 3

단계는 측정기가 내놓은 정보가 정확한지 아닌지를 파악하는 것일세! 가장 중요한 단계란 말이네!"

"지금 자네 상태는 그것을 측정하려는 것이 아닌 것 같으니 하는 소리가 아닌가! 지금 자네 몸에서 나오는 투기가 정상이라 생각하는 것인가?"

"흥! 맹수는 토끼 사냥을 해도 최선을 다하네! 나 역시 그럴 뿐 다른 의도는 없네! 아무튼, 내가 나서겠네!"

"이보게!"

리차드라 불린 남자가 계속 말렸지만 결국 앞으로 나서는 남궁성이었다. 리차드는 자신 혼자서는 도저히 말릴 수 없다고 판단하고 옆에 있던 금발의 남자, 마르코에게 말했다.

"마르코! 자네도 말려 보게. 왜 말리다가 마는 건가. 저러다가 정말로 큰일 나겠어."

리차드의 말에 마르코가 고개를 저으며 말했다.

"이미 늦었어. 저놈은 한번 눈 뒤집히면 물불 안 가리잖아. 막으려면 우리 둘이 동시에 저놈을 쳐야 하는데 할 거야?"

"그, 그래도……."

"일단 두고 보자고. 설마 같은 레전드인데 일방적으로 당하기야 하겠나. 조금 전에 보니 저 뒤에 있는 남자는 남궁성 저 친구와 초인력도 비슷하더구먼."

"하아, 그럼 지켜보다가 큰일이 날 것 같으면 나랑 같이 나서는 것으로 하세."

"하하, 알겠네."

뒤에서 둘이 하는 이야기를 그대로 다 들은 남궁성은 속으로 코웃음을 쳤다.

'흥! 너희들이 나설 시간도 없을 것이다.'

대련이고 나발이고 나가자마자 전력으로 저놈의 면상을 날려 버릴 심산이었다.

그런 남궁성의 모습에 연준혁이 어이없는 표정을 지었다.

-이보게, 저거 아무리 봐도 전력을 다할 기세인데?

독고영재의 전음에 연준혁이 답했다.

-아무래도 그런 것 같습니다.

-자네는 아직 저자의 상대가 되지 못하네. 내가 먼저 나서겠네.

-아닙니다. 어차피 부딪칠 것이라면 지금 부딪치는 것이 낫습니다.

-그래도…….

-하하 걱정하지 마십시오. 이래 봬도 주군께서도 인정한 맷집이 아닙니까.

연준혁은 초인력이 남궁성과 비교해 많이 부족했다.

물론 초인력이 능력 전부를 결정하는 것은 아니었지만, 그래도 큰 비중을 차지하는 것은 사실이었다.

하지만 연준혁에게는 남다른 무기가 있었다.

바로 엄청난 맷집.

오죽했으면 영웅마저 인정했겠는가.

영웅이 인정했다고 말하자 독고영재가 고개를 끄덕였다.

—주군께서 인정하셨다면 뭐 내가 할 말이 없지. 그래도 조심하시게.

—알겠습니다.

둘의 전음이 끝나고 자세를 바로잡자 남궁성이 비웃으며 말했다.

"그래, 유언은 다 전달했느냐?"

"뭐, 대충 다 전달은 한 것 같소만……. 그런데 심사에 목숨까지 걸어야 하는 것이오? 그런 이야기는 못 들은 것 같소만……."

연준혁의 말에 남궁성이 코웃음을 치며 말했다.

"흥! 겁쟁이 같은 말을 하는구나! 무인으로 태어나 목숨 잃는 것을 두려워하면 쓰나. 심사라고는 하나 어찌 되었든 대련이다. 대련에서는 피치 못할 사고가 발생하기 마련이지."

남궁성은 대놓고 그 사고를 자신이 내겠다고 어필하고 있었다.

"좋소. 받아들이리다."

연준혁의 말에 남궁성의 표정이 일그러졌다. 말로는 한마디로 지지 않는 얄미운 놈이었다.

자신의 투기와 이런 경고에도 겁을 집어먹지 않고 오히려 당당하게 나오다니. 그 점이 더더욱 남궁성의 심기를 불편하게 만들고 있었다.

남궁성은 눈에서 불길이 나올 것 같은 표정으로 연준혁을 노려보며 으르릉거렸다.

단전 깊은 곳에서 올라오는 소리가 정말로 호랑이가 으르릉거리는 것 같았다.

"나한테 처맞고도 그런 여유가 남아 있을지 두고 보자."

으르렁거리면서 자신의 뒤에 있는 리차드와 마르코에게 어서 시작하라는 눈치를 주었다.

남궁성의 그런 모습에 둘은 한숨을 쉬며 시작을 외쳤다.

"심사를 시작하시오."

"시작하시오!"

"크하하하! 들었느냐? 이제부터는 실전 대련이다! 받아라! 제왕무적권(帝王無敵拳)!"

쿠아아아앙-!

기다렸다는 듯이 호탕하게 웃으며 연준혁에게 다짜고짜 자신의 절기를 날렸다.

강기로 이루어진 거대한 호랑이 형상이 연준혁을 향해 거세게 날아왔다.

엄청난 압력을 보니 스치기만 해도 치명적인 타격을 입을 것 같았다.

"크윽! 명불허전이구나."

연준혁이 그렇게 중얼거리며 다급하게 그것을 피했다.

투콰쾅-!

쿠르르르르르-!

호랑이 모양의 강기가 연준혁을 지나쳐 뒤에 있는 대련장의 벽을 때렸고, 벽은 먼지를 일으키며 우르르 무너져 내렸다.

하지만 그것은 미끼였다.

"애송이 녀석이 잘 피하는구나. 하나 그것은 미끼였다. 진짜는 이거지."

피융-!

남궁성은 제왕무적권을 날리자마자 연준혁이 있는 곳으로 고속 이동을 했다.

그리고 피하지 못하는 각도에서 연준혁을 향해 강기를 머금은 주먹을 있는 힘껏 휘둘렀다.

후웅-!

공기를 가르는 소리가 연준혁의 귓가에 들려왔다.

피하기엔 늦었다고 생각한 연준혁이 재빨리 자신이 가진 내공을 전부 외부로 돌려 강기를 형성했다.

"헉! 진청강기(眞淸罡氣)!"

쩌엉-!

쿠콰콰쾅-!

강기와 강기가 부딪치며 심사장 전체에 엄청난 기의 폭풍이 일어났다 폭풍이 지나간 곳은 그 압력을 버티지 못하고 터져 나가고 있었다.

사방으로 퍼지는 기의 폭풍 속에서 연준혁은 이대로 당하기만 할 수 없었기에 반격을 시작했다.

"천벽멸광(天劈滅光)."

연준혁의 손바닥으로 엄청난 기운이 소용돌이치면서 모이더니 남궁성의 복부를 향해 굉음을 내며 방출되었다.

파앙-!

쩍-!

연준혁의 공격은 남궁성의 복부에 정확하게 명중되었고 연준혁은 회심의 미소를 지었다.

비록 이것으로 남궁성을 무릎 꿇리지는 못해도 타격을 주었을 것이라 생각했다.

하지만 그것은 연준혁의 오산이었다.

남궁성이 연준혁을 바라보며 나직하게 말했다.

"크크크크. 그 정도 공격으로는 금강신기(金剛神器)에 상처 하나 입히지 못한다."

"그, 금강신기!"

연준혁은 당황했다.

뭔 놈의 레전드급 각성자가 이런 심사장에 신화급 장비인 금강신기를 입고 온단 말인가.

금강신기는 착용자에게 오는 충격의 90%를 상쇄시켜 주고 그 충격을 착용자에게 에너지원으로 돌려주는 사기 템이었다.

즉 방금 연준혁의 공격은 남궁성에게 거의 먹히지 않았다는 소리였다. 아니, 오히려 방금 그 충격으로 인해 소비했던 내공을 전부 충전했다.

그러니 이자는 금강신기를 믿고 자신이 복부를 공격하도록 유인했던 것.

-이제 알겠지? 네놈이 무슨 짓을 해도 내 입에서 합격이라는 단어는 나오지 않을 것이다. 크크크.

다른 이들이 듣지 못하게 연준혁에게 친절하게 전음으로 설명까지 해 주는 남궁성이었다.

연준혁은 당황하며 이 상황을 헤쳐 나갈 방법을 모색하기 시작했다.

일단 자신이 불리한 위치에서 최대한 빨리 벗어나는 것이 급선무였기에 최대한의 경공을 이용해서 재빨리 뒤로 물러났다.

어느 정도 거리를 벌리고 난 뒤에 남궁성에게 말했다.

"어찌 대련하는데 그렇게 완전 무장을 하고 나서신 것이오. 금강신기라니……."

연준혁의 말에 남궁성이 어깨를 으쓱거리며 말했다.

"아까 말하지 않았나? 대련 중에 사고가 일어날 수도 있다고. 나는 내 몸을 소중히 생각해서 말이지. 그냥 안전 장비라고 생각하면 될 일이다."

"그렇다면 나도 내 장비들을 착용하겠소! 시간을 주시오."

"하하하! 그건 안 될 말이지."

"어찌 그렇소! 나도 내 몸은 소중하오. 이건 부당한 경우입니다!"

연준혁은 남궁성이 아닌 리차드와 마르코를 바라보며 항의했다.

리차드와 마르코가 연준혁의 말에 무어라 대답을 하려는 찰나였다.

"이건 대련이기도 하지만 레전드 등급의 시험장이기도 하지. 레전드 등급이라면 이런 기습 정도는 예측할 수 있어야겠지?"

"뭐?"

갑작스럽게 들려오는 목소리에 재빨리 고개를 돌리니, 바로 눈앞에 남궁성이 사악한 미소를 지으며 주먹을 날리고 있었다.

반응하기엔 너무 늦었다.

연준혁이 재빨리 고개를 젖히며 피하려 했지만, 상대 역시 레전드였고 심지어 연준혁보다 강자였다.

퍼억-!

안면에 정통으로 들어간 주먹에 연준혁의 얼굴이 처참하게 일그러지면서 대련장 구석까지 날아갔다.

쿠당탕탕-!

쾅-!

"쿨럭!"

구석까지 날아가 그곳에 있는 벽에 부딪힌 연준혁은 피까지 한 움큼 토해 냈다.

털썩-!

그리고 바닥에 쓰러진 채 움직임이 없었다.

그 모습에 독고영재가 다급하게 자신이 낼 수 있는 최대한의 속도로 연준혁을 향해 달려갔다.

그런 독고영재의 앞을 막아서는 자가 있었는데, 바로 남궁성이었다.

"나는 아직 시험이 끝났다고 말한 적이 없는데?"

"으드득! 비켜라! 이놈!"

독고영재가 자신의 오른손에 내기를 모아 남궁성에게 방출했다.

파앙-!

하지만 남궁성이 입은 금강신기가 그 공격을 순식간에 무효화시켰고 금강신기가 당연히 막아 줄 것을 알고 있던 남궁성은 주저 없이 독고영재를 향해 주먹을 날렸다.

후웅-!

하지만 독고영재는 노련했다.

재빨리 그의 주먹을 피하고는 자신의 내기를 극한까지 끌어올렸다.

영웅에게 받은 수많은 영약이 녹아내린 막강한 그의 내기가 대지를 진동하게 했다.

"이놈! 비키지 않는다면 당장 죽여 버리겠다!"

쿠르르르-!

실내가 떨릴 정도의 엄청난 내공에 남궁성이 휘파람을 불며 감탄했다.

"휘유! 나름대로 기세가 있는데?"

"닥쳐라! 나는 분명히 경고했다! 하앗! 독고파천황(獨孤破天荒)!"

독고가문의 무공이 남궁성을 향해 방출되었다.

거대한 푸른 기운이 남궁성을 향해 날아갔고 남궁성은 그것을 보며 막으려는 자세를 취했다.

쩌저정-!

하지만 남궁성이 아닌 누군가에 의해 그 공격은 차단되었다.

바로 리차드였다.

"진정하시오. 대련이 끝나지 않았는데 이렇게 난입을 하는 것은 아니 되오."

팔은 안으로 굽는다고 했던가?

아까는 또 다른 레전드가 탄생했다며 좋아하더니 이번에는 남궁성의 편을 들고 있었다.

"지금 당신들 눈에는 저것이 보이지 않으시오? 어서 응급

조치를 해야 하오!"

"흥! 무인이 겨우 한 대 맞았다고 죽어 가면 그게 더 웃긴 거 아닌가? 그게 무슨 레전드인가? 나는 인정 못 하오! 나는 저자와 이자를 레전드 등급으로 인정하지 않겠소!"

"남궁성! 자네 지금 뭐 하는 건가!"

리차드가 남궁성을 바라보며 버럭했다.

"뭐? 나는 내 권리를 말하는 것뿐일세! 나는 인정 못 하네! 겨우 한 대 맞았다고 기절한 것도 그렇고 이렇게 경우 없이 끼어드는 것도 그렇고 다 맘에 안 드네. 그렇게 아시게! 자네들도 알고 있지? 만장일치여야만 통과가 된다는 거. 나는 반대네."

그리 말한 남궁성은 독고영재를 한 번 째려보고 돌아서서 대련장 밖으로 나가 버렸다.

리차드가 난감한 표정을 지었다.

3단계까지 통과하고 만장일치로 합격을 통보하면 이들은 비로소 국제적으로 레전드 등급으로 인정된다.

하지만 한 명이 거부하고 나갔으니 그것이 되지 않았다.

그런 리차드와 남궁성을 무시하고는 연준혁에게 서둘러서 달려가는 독고영재였다.

"이, 이보게! 저, 정신 차리게!"

독고영재는 재빨리 품속에서 약병을 꺼내어 연준혁의 입 안으로 흘려 넣었다.

멀리서 보았을 때와 달리 연준혁의 상태는 심각했다.

제대로 방비도 못 한 상태에서 레전드 등급의 일격을 얻어맞았다.

그런 일격을 맞았으니 무사할 리가 없었다.

독고영재는 재빨리 연준혁을 등에 업고는 회장을 빠져나가려 했다.

그런 그를 리차드가 막아서며 말했다.

"눕히시오. 내가 치료해 드리리다."

리차드의 말에 독고영재가 눈이 시뻘겋게 변한 상태로 리차드와 마르코를 노려보며 말했다.

"당신들……. 오늘 일은 후회하게 될 것이오."

"허……. 지금 우리를 협박하시는 것이오? 우리는 남궁성보다 강하오."

"으드득! 협박이 아니라 현실을 말하는 것이오. 그분이 분노한다면 나는 말리지 않을 것이오. 그러니 잘 처신하시오."

"그분?"

리차드가 고개를 갸웃거리며 되물었지만, 독고영재는 그런 그를 무시하고 제 갈 길을 갔다.

저 멀리 사라지는 독고영재와 연준혁을 바라보던 리차드는 무언가 불길한 느낌이 자꾸 들었지만, 그냥 오늘 있었던 일에 대한 찝찝함이라 생각하며 대수롭지 않게 넘겼다.

〈한국의 사기!〉

〈한국에서 나온 두 명의 레전드는 사기였다!〉

〈세계를 우습게 본 한국!〉

세계는 난리가 났다.

세계 각성자 협회에서는 자신들의 잘못을 감추기 위해 한국에서 온 자들은 레전드가 아니라고 성명을 발표했다.

데이터는 레전드급이 맞지만, 실전은 그렇지 못했기에 레전드 등급이 될 수 없다고 발표를 한 것이다.

콰지직-!

연신 뉴스에서 떠들어 대는 소리에 영웅의 손에 들려 있던 리모컨 작살이 났다.

영웅의 몸이 부들부들 떨리며 TV를 뚫어지게 바라보고 있었다.

"이, 이건 무슨 개소리야?"

실전이 부족하다니?

자신이 그렇게 수련을 시켰는데 실전이 부족할 턱이 있나.

이건 말도 안 되는 소리였다.

영웅은 재빨리 독고영재에게 전화를 걸었다.

뚜르르르-!

딸깍-!

-주군!

"어디입니까!"

-지, 지금 협회로 이동하고 있습니다!

"알았습니다."

협회로 이동했다는 소리에 영웅은 재빨리 협회로 순간 이동을 했다.

그곳에서 기다리고 있으니 사경을 헤매고 있는 연준혁이 들것에 실려서 다급하게 들어오고 있었다.

그 모습에 영웅이 다급하게 달려가 외쳤다.

"리스토어!"

화악-!

순백의 기운이 연준혁의 몸을 감싸며 그의 상처들을 순식간에 치료하기 시작했다.

잠시 후, 정신을 차린 연준혁이 주변을 두리번거렸다.

"여, 여긴?"

그러다가 영웅을 발견하고는 화들짝 놀랐다.

그의 표정이 심상치 않았기 때문이었다.

"어찌 된 일이지? 네가 왜 이런 꼴로 오고 또 너희가 사기를 쳤다는 뉴스는 무슨 소리야?"

"주, 주군. 그, 그게 무슨 말씀입니까? 제, 제가 왜 이곳에 있는 거고 주군은 또 왜 이곳에?"

연준혁은 남궁성의 일격에 그때의 기억이 날아간 듯했다.

그 모습에 영웅이 독고영재를 바라보며 물었다.

"어찌 된 일인지 소상하게 말씀하세요."

당장이라도 눈에서 레이저가 나올 것같이 눈이 붉게 이글거리고 있었다.

표현이 아니라 정말로 눈에서 불꽃이 일어 이글거리고 있었다.

처음 보는 엄청난 모습에 독고영재가 화들짝 놀라며 생각했다.

자기도 너무 화가 나고 분하긴 하지만, 여기서 사실대로 말했다간 영웅이 폭주해서 세계 각성자 협회를 지구에서 아예 지워 버릴 것 같았다.

영웅이 분노했는데 누가 그를 막는단 말인가.

독고영재가 리차드에게 경고를 했던 것도 이런 것이었다. 처음에는 영웅의 분노를 이용해 그들에게 복수하려 했다.

하지만 지금 영웅의 모습을 보았을 때 자신이 생각하는 수준의 복수로 끝날 것 같진 않았다.

여기 올 때까지만 해도 영웅을 자극해서 모조리 쓸어버리겠다고 다짐했는데, 그 다짐을 날려 버릴 정도로 영웅의 모습은 살벌했다.

"말해요."

목소리가 점점 가라앉고 있었다.

독고영재가 침을 꿀꺽 삼키며 조심스럽게 입을 열었다.

"그, 그게 대련 중에 사, 사고가……."

"사고?"

"그, 그렇습니다. 여, 연 회장이 바, 방심을 하는 바람에……."

"……."

영웅은 고개를 삐딱하게 하고는 독고영재를 바라보았다.

독고영재는 차마 눈을 마주칠 수가 없어서 고개를 숙였다.

"나, 남궁성이라는 놈입니다. 중국 각성자 협회를 맡고 있는 자입니다."

독고영재는 그 당시에 있었던 일들을 상세하게 거짓 없이 설명하기 시작했다.

원래는 더 과장해서 말하려 했는데 굳이 그럴 필요가 없어 보였다.

"남궁성?"

"그, 그렇습니다."

"그리고 또?"

"네?"

"나머지 둘은?"

"그, 그들은 저희를 인정하고 받아들이려고 했습니다."

"그래요? 그럼 남궁성이란 놈만 족치면 되겠네요? 그렇죠?"

"네?"

"그놈 지금 어딨어요?"

"주, 주군. 이, 일단 진정하시고."

"어디 있느냐고 지금 내가 묻고 있어……."

자신에게만큼은 존대하던 영웅의 입에서 하대가 나왔다.

결국, 독고영재가 고개를 숙이고 그자가 있는 곳을 말해주었다.

영웅이 그의 행적을 물을까 싶어 미리 알아 둔 것이었다.

"그는 현재 자신의 별장에 있는 것으로 알고 있습니다."

영웅은 고개를 돌려 아더를 바라보았다.

"가자."

"충!"

아더 역시 영웅의 이런 모습은 처음이기에 바짝 긴장한 상태였다.

그랬기에 그의 한마디에 재빨리 대답한 것이다.

독고영재가 고개를 다시 들었을 때는 이미 그 둘이 사라지고 난 뒤였다.

지구상에서 가장 강한 둘이 한 남자를 잡기 위해 그의 별장으로 떠났다.

남궁성은 한가로이 목욕을 즐기며 어제 있었던 일들을 잊기 위해 노력하고 있었다.

연준혁을 쓰러뜨리고 난 뒤부터 이상하게 온몸이 으슬으슬 춥고 찝찝함이 이어졌다.

이런 적이 한 번도 없었기에 기분이 별로였다.

사실, 그도 알고 있었다.

연준혁을 그리한 것은 억지라는 것을.

그것이 마음에 걸려서 이러는 것이겠거니 하고 목욕을 하며 잊어버리려 노력하고 있었다.

목욕을 다 한 후 옷을 갈아입고 거실로 나섰는데, 처음 보는 누군가가 자신의 거실 소파에 아주 태연하게 앉아 있었다.

어이가 없었다.

이곳이 어딘 줄 알고 아무런 말도 없이 들어온단 말인가.

남궁성이 황당한 표정으로 한마디 하려 하는데, 소파에 앉아 있던 남자가 자리에서 일어서며 말했다.

"네가 남궁성이냐?"

아주 선명한 중국말에 남궁성은 더욱 당황했다.

자신을 알고 있다는 놈이 쓰는 말투치고는 너무도 건방졌다.

"나를 알고 있으면서 그런 소리를 하는 것이냐?"

"맞다는 소리군. 왜 그랬냐?"

"뭐라?"

"왜 우리 준혁이 그렇게 만들었냐? 말 들어 보니 치졸한 짓을 했다던데."

남궁성은 준혁이라는 말에 고개를 갸웃거렸다.

그러다가 생각이 났는지 손뼉을 치며 말했다.

"아! 그 한 대 맞고 기절한 약골? 왜? 걔가 고소라도 하겠다더냐?"

"고소?"

"그러지 않고서야 감히 겁대가리 없이 내 방에 허락 없이 들어오진 않았을 것 아니냐? 참고로 나는 일반인이라도 때린다."

남궁성이 으르릉거리면서 영웅에게 말했다.

영웅을 보자마자 단번에 박살을 내지 않은 것은 그가 일반인이라고 생각했기 때문이었다.

괜히 건드렸다가 자신의 명성에 흠집이 생길 수도 있으니 일단은 이렇게 말로 하는 것이었다.

"하하하. 내가 일반인이긴 한데 평범한 일반인은 아니야. 그리고 고소는 아니고 오늘은 내가 널 좀 때리러 왔거든?"

"뭐? 뭘 한다고?"

영웅의 말에 남궁성이 어이가 없는 표정으로 되물었다.

자신이 최근에 들은 이야기 중에서 가장 황당한 말이었다.

"우리 준혁이 쥐어 팰 때 입었던 옷 그대로 입어라. 나중에 징징거리지 말고."

"하하하, 죽고 싶어 환장했구나. 내가 일반인을 못 죽일 거라고 생각한다면 큰 오산이란다, 꼬마야."

"오산이고 나발이고 그대로 챙겨 입으라고! 맞고 질질 짜지 말고!"

"오냐! 내 명성이 떨어지는 한이 있더라도 네놈은 죽여 주마!"

남궁성이 가운을 걸친 채로 영웅을 향해 자신의 주먹을 날렸다.

푸항-!

주먹에서 나온 파공에 거실에 있던 물건들이 모조리 박살이 나면서 사방으로 흩날렸다.

하지만 거실만 박살이 났을 뿐, 그것을 정면으로 맞은 영웅은 아무렇지도 않은 표정으로 남궁성을 바라보았다.

"분명히 네가 먼저 시작한 거다."

남궁성은 당황한 표정으로 영웅을 바라보았다.

일반인이 자신의 일격을 견딘 것도 모자라 아무런 타격을 입지 않았다는 것이 믿어지지 않았다.

"특수 아이템을 착용한 것인가?"

남궁성이 내린 결론은 그것이었다. 그런 이유가 아니고서야 지금 이 상황이 설명되지 않았으니까.

그렇다면 그것을 벗기고 다시 날려 버리면 그만이었다.

남궁성이 재빨리 영웅이 있는 곳으로 이동한 뒤에 그의 팔을 잡으려 할 때였다.

"알아서 와 주네?"

"뭐?"

퍼억-!

"커헉!"

남궁성은 갑작스럽게 몰려오는 복통에 자신의 배를 움켜쥐고는 그 자리에 주저앉았다.

"커헉! 커컥!"

숨이 쉬어지지 않아 연신 숨을 쉬려고 노력했다. 다른 이들이 이 장면을 보았다면 경악했을 것이다.

남궁성은 그 자체 무공도 뛰어났지만 타고난 맷집 또한 뛰어난 남자였다.

거기에 외공에도 관심이 많아 엄청난 경지의 외공까지 익힌 상태였다.

그런 남궁성의 강인한 몸을 뚫고 들어가 저렇게 고통스러워할 정도의 충격을 준 것이다.

"뭐야……. 살살 쳤어. 엄살 피우지 마."

영웅이 생글생글 웃으며 말했다.

남궁성은 고통스러움을 꾹 참고 영웅과 최대한 거리를 벌렸다.

"헉헉! 뭐, 뭐냐! 너는 뭐냔 말이다!"
겨우겨우 고통이 사라지고 숨을 쉴 수 있게 되자 제일 먼저 꺼낸 말이었다.
믿을 수가 없었다.
자신이 누구인가.
지금까지 살면서 이런 고통은 느껴 본 적도 없는 그였다.
그제야 남궁성은 자신의 눈앞에 있는 영웅이 평범한 인간이 아니라는 것을 깨달았다.
그리 생각하고 이를 바득바득 갈고 있는데 무언가가 이상했다.
이 정도 소란이면 사람들이 올라와야 하는데 아무도 오지 않았다. 남궁성은 혹여나 일반인을 방으로 데리고 와 괴롭힌다는 오해를 살까 봐 몸을 사리고 있는 상태였다.
"아, 소란스러운데 사람들이 안 오니까 궁금해? 별거 아니고 얘가 이 방에 마법을 걸어 두었거든. 여기선 무슨 짓을 해도 바깥으로 소리가 새어 나갈 일은 없을 거야."
"으득! 뒤에 있는 놈이 네놈의 조력자였구나! 오냐! 죽는 것이 그토록 소원이라면 들어주지! 후회하게 해 주마!"
남궁성이 재빨리 자세를 바로 하며 외쳤다.
"상태창! 각성 모드!"
저건 언제 봐도 적응이 되지 않았다.
예전에 보던 만화영화에서 저렇게 변신을 하곤 했던 것이 새삼 기억나는 영웅이었다.

남궁성이 각성 모드로 들어가는데도 심드렁한 표정으로 그것을 바라만 보고 있는 영웅이었다.

이게 영웅의 관점에서나 오래 걸리는 것처럼 느껴진 것이지, 실제로는 1초도 안 되는 시간에 각성 모드로 전환한 셈이다.

완벽하게 자신의 풀템을 장착한 남궁성이 으르릉거리며 영웅을 노려보았다.

"이제는 살려 달라고 애걸복걸해도 늦었다! 유언이나 생각해 두거라!"

"거, 말 진짜 많네."

슈팍-!

남궁성이 있는 곳으로 순식간에 이동한 영웅이 찰나의 순간에 남궁성에게 나직하게 말을 전했다.

"이 옷이 우리 준혁이 팰 때 입은 옷이 맞겠지?"

당황하는 남궁성의 대답은 듣지도 않은 채 그의 복부를 사정없이 후려치는 영웅이었다.

퍼어어억-!

북이 찢어지는 소리와 함께 엄청난 파동이 남궁성의 복부를 시작으로 사방으로 퍼져 나갔다.

"끄어어억!"

아까와는 차원이 다른 고통이 그의 복부에서 올라오기 시작했다.
그리고 이번엔 그 한 방으로 끝나지 않았다.
퍼퍼퍼퍼퍽-!
사방팔방 때릴 수 있는 곳은 모조리 골라서 사정없이 패기 시작하는 영웅이었다.
빠악-!
"케엑!"
투가가가가가-!
콰당탕탕-!
눈에 보이지도 않는 속도의 고속 연타를 맞은 남궁성이 구석으로 날아가 정신을 잃고 서서히 벽에서부터 바닥으로 스르륵 쓰러졌다.
하지만 그것을 가만히 보고 있을 영웅이 아니었다.
"어딜 편하게 쉬려고? 리스토어!"
화악-!
영웅의 리스토어가 남궁성의 몸을 순식간에 원상 복구 시키고 그의 정신이 번쩍 들게 만들었다.
"헉!"
남궁성은 화들짝 놀란 표정으로 허우적거리면서 볼썽사나운 모습으로 일어섰다.
조금 전 자신에게 일어난 일이 무엇인지 이해가 되지 않는 표정으로 멍하니 서 있었다.

그러다가 정신이 들었는지 경악한 표정으로 영웅을 바라보았다.

"그, 금강신기를 뚜, 뚫고 들어오는 타격이라니……."

있을 수 없는 일이었다.

금강신기가 어떤 물건인가.

자신과 같은 등급의 레전드인 연준혁이 날린 일격도 대수롭지 않게 넘기게 해 준 신물이었다.

레전드급 각성자의 일격도 상쇄시켜 버리는 신물인데, 일반인이 날린 주먹을 막지 못하고 있었다.

경악하며 뒷걸음질 치는 남궁성을 향해 이번에는 천천히 발걸음을 옮기는 영웅이었다.

"내가 말이지, 정정당당하게 내 사람을 이겼으면 말을 안 해요. 이렇게 열받지도 않았을 거고. 그런데……. 비겁한 수를 썼더라?"

"그, 그건 오해요."

"응, 그래. 나도 오해다. 서로 간의 오해를 풀기에 딱 좋은 날이다."

"자, 잠깐!"

남궁성은 다급했다.

자신이 왜 이러는지도 몰랐다.

평소와는 달리 몸이 제대로 움직이지 않았다.

그래도 이를 악물고 기운을 일으켜 자신의 최후 초식을 날렸다.

건물이 날아가면서 꽤 큰 피해가 있겠지만 지금은 그것을 따질 때가 아니었다.

남궁성의 손에 시퍼런 강기로 만들어진 검이 생성되었고 그것을 횡으로 휘둘렀다.

"제왕무적검(帝王無敵劍)!"

남궁세가가 자랑하는 제왕검형(帝王劍形)의 최후 초식이었고 남궁성을 지금의 레전드까지 올라오게 해 준 무공이었다.

거기에 남궁세가 역사에서 제왕검형을 남궁성만큼 완벽하게 익힌 자도 없었다.

막강한 무공과 그것을 완벽하게 익힌 남궁성이 전개하는 제왕무적검이었다.

파창-!

그런데 남궁세가의 자랑이자 무적의 검인 제왕무적검이 영웅의 주먹 한 방에 박살이 나면서 폭죽 터지듯이 사방으로 터져 나갔다.

그 모습을 남궁성은 얼이 나간 모습으로 멍하니 바라보았다.

자신이 지금 꿈을 꾸고 있는 것이 아닌지 잠시 생각까지 했다.

하지만 현실이라는 것을 자각이라도 시켜 주려는 것인지 영웅의 목소리가 그의 귀에 들려왔다.

"뭐야? 뭔가 거창하게 움직이더니 그게 다야?"

괴물이었다.

절대로 일반인일 리가 없었다.

일반인이 아니면? 무엇일까?

레전드 각성자인 자신의 공격을 대수롭지 않게 무위로 돌려 버리고 같은 레전드 등급이 아무리 두드려도 꿈쩍도 안 하던 금강신기를 뚫고 들어오는 저 무지막지한 무력을 어찌 설명해야 할까.

"자, 이제 보여 줄 건 다 보여 줬지? 나중에 뭘 안 해서 그러네 마네 그러면 정말로 나 화낼 거야."

영웅이 달래듯이 말하자 남궁성은 자신도 모르게 고개를 끄덕였다.

"그럼 이제 마무리하자."

"무, 무슨 마무리?"

"에이, 알면서. 우리 준혁이가 사경을 헤매면서 들것에 실려 왔더라고."

"서, 설마?"

남궁성이 불안한 얼굴로 아닐 것이라며 고개를 좌우로 흔들면서 입을 열자 영웅이 고개를 끄덕이며 말했다.

"그래. 너도 똑같이 당해 봐야지?"

"아, 안 돼."

"돼."

후웅-!

말이 끝나기가 무섭게 영웅의 주먹이 남궁성의 안면에 적중했다.

빠악-!

휘리릭-!

쿠당탕탕탕-!

안면에 주먹을 정통으로 맞은 남궁성을 그대로 공중에서 수십 바퀴를 핑그르르 돌더니 다시 방구석으로 날아가 그대로 처박혔다.

그리고 그대로 바닥에 쓰러져서 몸만 움찔거리고 있었다.

"뭐 이렇게 약해? 에이 씨."

짜증이 난 영웅이 남궁성을 다시 일으켜 세웠다.

억지로 일으켜 세우자 고개가 뚝 떨어지더니, 입에서 피가 철철 흘러나왔다.

눈은 흰자밖에 보이지 않았고 마치 죽은 사람처럼 축 처진 모습으로 영웅에게 질질 끌려 나갔다.

휙-!

콰당탕-!

다시 아무렇지 않게 가운데로 던져 놓고는 말했다.

"리스토어!"

화악-!

다시 한번 성스러운 기운이 남궁성의 몸에 깃들면서 남궁성이 정신을 차렸다.

그리고 눈앞에 악마가 환하게 웃으며 자신을 반기고 있었다.

"일어났어? 잘 잤니?"

쩌억-!

또다시 안면에서 느껴지는 엄청난 충격과 고통에 정신을 잃었고 그것은 수십 번이 넘도록 반복되었다.

그렇게 지옥 같은 상황에서 다시 눈을 뜬 남궁성은 공포에 젖은 눈빛으로 고개를 세차게 저으며 중얼거렸다.

"헉! 아, 안 돼. 이, 이건 꿈이야!"

후다다닥-!

3장

남궁성은 일어나자마자 빠른 속도로 뒷걸음질 치며 방문이 있는 곳까지 도망쳤다.

무슨 수를 써서라도 저 악마에게서 도망가야겠다는 일념뿐이었다. 다른 것은 필요 없었다.

지금 자신을 놀잇감으로 생각하는 저 악마에게서 벗어날 수만 있다면 뭐든 할 수 있을 것 같았다.

빨리 문을 열고 이곳에서 도망을 가야 했다.

그런데 나무로 만들어진 방문이 꿈쩍도 안 하는 것이다.

"이익!"

아무리 힘을 주어도 미동조차 하지 않았다.

쾅쾅쾅-!

급기야 주먹으로 휘두르고 발로 차기 시작했다.

"제왕검결!"

"제왕십연참!"

"제왕파천!"

나중에는 제왕검형까지 사용하면서 나무로 만들어진 문을 박살 내기 위해 안간힘을 썼지만, 여전히 꿈쩍도 하지 않는 나무 문이었다.

"헉헉헉!"

한참을 그렇게 날뛰다가 가망이 없다는 것을 깨달았는지 지친 표정으로 남궁성이 천천히 뒤를 돌아보았다.

거기엔 영웅이 웅크리고 앉아 턱을 괴고 그것을 재밌는 표정으로 지켜보고 있었다.

"다 했어? 뭐, 아직 다 못 했으면 기다려 주고. 밤은 길거든. 아! 맞다! 내가 깜박하고 말 안 했네. 이 방 안의 시간은 바깥보다 느리게 흐른다는 거. 한마디로 우리에게는 아주아주 시간이 많다는 뜻이지."

해맑게 웃으면서 말을 하는데 몸에 소름이 돋는 남궁성이었다.

마지막 방법은 하나였다.

이 방 안에 마법을 펼친 놈을 제거하면 마법이 사라질 것이다.

저 봐라. 방 안에 마법을 유지하기 위해 말도 안 하고 집중하고 있는 것을.

영웅은 그저 가만히 지켜보았다.

어차피 말했다시피 시간은 남아돌았으니까.

그래도 움직이기 편하게 살짝 빈틈을 보여 주었다. 아니나 다를까, 잠깐 눈을 돌린 사이에 지금까지 움직인 빠르기를 아득히 능가하는 속도로 남궁성이 아더를 향해 돌진했다.

인간은 궁지에 몰리면 숨겨진 힘이 발휘된다더니 사실이었다.

남궁성은 정말로 젖 먹던 힘까지 쥐어 짜내서 아더에게 일격을 날리려 했다.

"주인, 저거 건드려도 됩니까?"

아더가 물어 왔다.

"응, 아직 세상 무서운 거 모르는 거 같더라. 적당히 밟아 줘라."

"알았습니다."

빠각-!

말이 끝나기가 무섭게 자신을 향해 돌진해 오던 남궁성을 한 방에 제압해 버리는 아더였다.

"커헉!"

쿠당탕탕-!

영웅에게 맞을 때처럼 기절하진 않았지만 그래도 충격을 받은 표정이었다.

영웅만 피하면 된다고 생각을 했는데 저기에 미동도 안 하고 서 있던 자도 엄청난 강자였던 것이다.

마법을 유지하느라 움직임이 없는 것이 아니었다.

"괴, 괴물들……."

남궁성의 입에서 자기도 모르게 뱉어서는 안 될 단어가 나왔다.

괴물이라는 단어는 아더가 가장 싫어하는 단어였다.

아더는 그 말을 듣자마자 남궁성에게 달려들어 사정없이 두들겨 패기 시작했다.

막아도 소용없었고 피하려 해도 소용이 없었다.

남궁성은 알까?

자신을 때리고 있는 자의 정체가 하마터면 지구를 멸망에 이르게 할 뻔했던 드래곤이라는 사실을.

털썩-!

한참을 정신없이 맞던 남궁성이 또 기절을 했다.

"뭐 이리 자주 기절해, 레전드라는 새끼가."

영웅이 어이없는 표정으로 일어나면서 다시 남궁성에게 걸어갔다.

"주인, 제가 이렇게 만들었으니 제가 치료합니다."

"어? 치료도 할 줄 알아?"

"주인처럼 신성력이 넘쳐 나진 않지만 이런 인간 하나쯤은 치료할 수 있습니다."

"오호. 그래? 어디 해 봐."

"네, 주인. 큐어."

화악-!

아더의 손에서 환한 빛이 흘러나오며 남궁성을 치유하기 시작했다.

다만, 영웅이 하는 것처럼 순식간에 치유가 되진 않았다.

잠시 후, 다시 눈을 뜬 남궁성은 눈물을 흘렸다.

이 지옥에서 벗어날 수만 있다면 뭐든 할 수 있을 것 같았다.

하지만 대악마가 그걸 허락할 리가 없었다.

"이제 재롱 다 부렸지? 아더, 이제 내가 가지고 놀 차례니, 뒤로 물러서."

"알았습니다. 주인."

아더가 재빨리 몸을 날려 아까 자신이 있던 자리로 이동했다.

남궁성은 그런 아더를 볼 정신이 없었다.

그는 자신의 눈앞에 있는 악마를 보며 공포에 물든 눈빛으로 덜덜 떨고 있을 뿐이었다.

"크크크. 이제부터 재미난 시간이 시작될 거야. 기대해도 좋아."

기대하기 싫다고 외치고 싶었지만, 그것은 허락되지 않았다.

남궁성은 이미 깊은 절망과 공포에 빠져들었다.

그런 상태에서 자신의 몸은 움직이지 않았고 그렇게 만든 이가 영웅이라는 사실을 깨달았기 때문이었다.

그런 남궁성의 머리 위로 영웅의 손이 올라왔다.

머리라도 쓰다듬어 주려는 것일까?

절대로 그럴 리 없다.

"자, 이제 짜릿한 경험, 주입 들어갑니다."

그 말을 시작으로 남궁성에게는 지옥의 문이 활짝 열렸다. 그는 태어나서 처음 겪는 엄청난 고통에 몸부림쳐야 했다.

"이름."

"네! 성은 남궁에 이름은 성입니다! 해서 남궁성입니다!"

남궁성은 완벽한 차렷 자세로 영웅이 묻는 말에 목청이 찢어져라 대답하고 있었다.

그전에 잠깐 머뭇거렸다가 지옥의 고통을 다시 겪고 난 뒤의 일이었다.

"왜 그랬어?"

밑도 끝도 없는 질문이었지만 남궁성은 철석같이 알아듣고 대답했다.

"네! 질투가 나서 그랬습니다! 죄송합니다!"

"준혁이한테 알아서 사과해라."

"네! 제가 가서 무릎을 꿇고 진심을 다해 사죄하겠습니다!"

"나한테 맞고 나서 하는 사죄가 정말로 진심일까?"

영웅이 삐딱한 표정으로 남궁성을 노려보며 말하자 남궁성이 울먹거리는 표정으로 눈물을 꾹 참고 대답했다.

"지, 진짜입니다! 제가 왜 그랬을까? 과거의 나에게 갈 수 있다면 진심으로 면상에 주먹을 날리고 싶습니다! 정말입니다!"

그 대답에 영웅이 아더를 바라보며 물었다.

"어때? 저놈이 하는 말 진심이냐?"

영웅의 물음에 아더가 고개를 끄덕이며 대답했다.

"진심입니다, 주인. 라이어 센서가 그대로입니다."

"라이어 센서?"

처음 듣는 것에 자신도 모르게 되묻고 만 남궁성이었다.

"죄, 죄송합니다! 저, 저도 모르게 궁금해서."

남궁성이 아차 싶었는지 재빨리 다시 차렷 자세를 하고 목청껏 말했다.

"말해 줘라. 궁금한가 보다."

그런 남궁성을 보며 피식 웃고는 아더에게 말하는 영웅이었다.

"흥! 잘 들어라, 인간 놈. 네 주변에 내가 뿌려 둔 마법을 말하는 것이다. 혹시라도 네놈이 거짓을 말했다면 라이어 센서가 네놈의 몸에 뇌전을 뿌렸을 것이다. 그 모습을 기대했는데 네놈이 진실만을 이야기해서 못 보고 있다. 젠장."

한마디로 말하면 자신이 설치해 놓은 덫에 왜 걸리지 않느냐는 원망의 말이었다.

저놈도 만만치 않은 악마였다.

남궁성은 침을 꿀꺽 삼키며 괜히 들었다고 생각했다.

"자, 궁금증도 해결했으니 이제 원상 복구를 시켜 놔야지?"

"네! 알겠습니다! 날이 밝는 대로 제가 성명으로 연준혁, 독고영재 그 두 사람은 레전드가 맞다고 세상에 공표하겠습니다!"

"잘해라. 혹시라도……내 정체가 발각되면 알지?"

그 말에 남궁성은 침을 꿀꺽 삼켰다.

너무나도 잘 알고 있었다.

자신이 혹시라도 영웅의 정체를 세상에 알리는 순간 자신과 자신의 가문, 아니 중국 전체가 세상에서 지워질 수도 있었다.

그 전에 자신에게 심어진 제약으로 인해 지옥 같은 고통을 먼저 경험하겠지만 말이다.

"절대 비밀 엄수하겠습니다!"

"그건 너 알아서 하고, 사실 말해도 상관은 없어. 그냥 내 정체가 세상에 조금 더 일찍 알려지는 거니까. 하지만 너에게는 그다지 좋은 일이 아닐 거야. 알지?"

"네, 네! 잘 알고 있습니다."

"그럼 두고 보겠어."

"네! 절대로 실망시켜 드리지 않겠습니다!"

남궁성의 대답이 마음에 들었는지 흡족한 표정으로 그의 어깨를 두드리는 영웅이었다.

그리고 꼿꼿하게 서 있는 남궁성을 그곳에 두고, 마치 원래부터 없었던 것처럼 두 사람은 순식간에 자취를 감춰 버렸다.

두 사람이 사라지고도 한참이 지나도록 남궁성의 차렷 자세는 풀리지 않았다.

〈검성 남궁성, 폭탄 발표! 연준혁과 독고영재는 정말로 레전드 등급이 맞다!〉

〈한국이라는 나라에서 레전드급 각성자가 두 명이나 나오는 게 배가 아파서 난동을 피운 것. 두 사람에게 진심으로 사과한다. 자신을 제외한 마르코와 리차드는 그들을 레전드 등급으로 인정했다고 털어놨다〉

〈남궁성! 면벽 수련을 하면서 자숙하겠다고 선언!〉

며칠 뒤, 온 세상이 또다시 난리가 났다.

남궁성이 별안간 기자회견을 요청했고 그의 입에서는 연신 폭탄 발언이 튀어나왔다.

두 사람은 레전드 등급의 각성자가 맞고 협회에서도 인정한 부분이며 자신이 방해해서 승급이 이루어지지 못했다는 사실까지.

자신의 잘못을 인정하며 한국으로 가 그 두 사람에게 진심으로 사죄하겠다고 발표한 것이다.

그리고 고국으로 돌아가 1년간 면벽 수련을 하겠다고 선언한 것이다.

이 발표에 전 세계가 난리가 났다.

〈한국! 레전드급 각성자 두 명이나 보유!〉

〈이제 한국의 시대가 온 것인가?〉

얼마 전까지만 해도 거짓말쟁이 국가라며 손가락질하던 이들이 180도 돌변해서 한국을 찬양하기 시작했다.

중국에선 다른 성명을 발표하지 않았다.

자신의 국가의 영웅이 그렇다는데 거기에 반박한다는 것은 국가 영웅의 얼굴에 먹칠을 하는 행동이었으니까.

그저 한국 정부에 축하한다는 말로 간략하게 마무리를 지었다.

한편, 유럽의 한 저택에서는 리차드가 느긋하게 와인을 음미하며 뉴스를 보고 있었다.

벌떡-!

뉴스를 보고 있던 리차드는 남궁성이 세상에 한 이야기에 놀란 표정으로 자신도 모르게 자리를 박차고 일어났다.

그리고 잠시 멍하니 TV에서 나오는 소리를 듣고 있다가 이내 이를 갈며 외쳤다.

"이런 미친 새끼가!"

쾅-!

리차드가 분노에 찬 목소리로 자신의 책상을 주먹으로 내려쳤다.

갑작스러운 남궁성의 발표에 세계 각성자 협회의 이미지에 커다란 타격을 입은 것이다.

자신들도 알게 모르게 남궁성이 한국의 레전드 각성자들을 인정하지 않은 것을 동조한 꼴이 되어 버린 것이다.

"으드득! 그때 남궁성 그 자식을 그대로 놔두는 게 아니었는데!"

그래도 오랫동안 같이 지내 온 동료였기에 적극적으로 말리지 못한 것이었는데 이렇게 뒤통수를 치다니.

리차드는 재빨리 수화기를 들어 마르코에게 전화를 걸었다.

이 사태에 대해 의논하기 위해서였다.

뚜르르르- 뚜르르르-!

딸칵-!

-여보세요?

"마르코! 자네 지금 뭐 하고 있나?"

-아, 리차드. 무슨 일인가?

"무슨 일이냐니? 자네는 지금 뉴스도 안 보는 것인가?"

-아, 그거 말인가? 우리 잘못 맞지 않는가. 사실대로 말하는 것을 뭐라 하겠는가.

"뭐? 자네…… 정말 마르코 맞는가?"

-내가 마르코지 그럼 누가 나를 사칭하겠나. 사실 말이야 바른말이지, 나는 그때 남궁성 그 친구를 제대로 단속하지 못한 것을 후회하고 있었는데 저 친구가 그래도 양심은 남아 있었나 보군. 당연히 저래야 할 일이야. 그러니 쓸데없는 소리 그만하고 나 지금 바쁘니 그만 끊지.

"이, 이봐! 마르코! 마르코!"

-뚜우, 뚜우, 뚜우.

리차드는 끊긴 전화기를 바라보며 어이가 없는 표정으로 서 있었다.

"뭐지? 뭐야? 내가 모르는 뭔가가 있어. 분명해. 남궁성 그 친구가 이렇게 쉽게 인정할 위인이 아닌데? 뭐지? 연준혁 그자가 남궁성 그 친구에게 뭔가를 했나?"

리차드는 이제 분노보다 도대체 왜 남궁성이 마음을 바꾸어 그들을 인정했는지가 궁금해졌다.

리차드는 방 안을 이리저리 돌아다니다가 이내 무언가를 결심한 듯 어디론가로 몸을 이동했다.

리차드는 전 세계 협회로 언제든지 이동할 수 있는 이동 마법진을 자신의 저택에 만들어 두었다.

그걸 이용해 지금 당장 한국으로 이동할 생각을 한 것이다.

"내가 직접 가서 확인해야겠어. 만약, 남궁성 그 친구에게 무슨 사특한 술수라도 쓴 것이라면 내가 가만두지 않겠다!"

리차드는 열의가 가득한 얼굴로 한국 각성자 협회라고 적혀 있는 방문을 열었다.

그곳에는 붉은 선으로 이루어진 도형이 그려져 있었다. 리차드는 주저 없이 그 도형의 중심으로 몸을 이동했다.

한국 각성자 협회라고 적힌 방에 그려진 도형의 중심에 이동하니 이내 도형에서 붉은빛이 새어 나오더니, 점점 강해지기 시작했다.

빛은 리차드의 몸에서 일렁거리는 마나와 결합했고, 결합을 시작한 부분부터 천천히 몸이 사라지기 시작했다.

그리고 순식간에 몸이 사라지고 붉은빛이 서서히 줄어들어 도형만 남았다.

이동 마법진을 이용해 한국의 각성자 협회로 순식간에 이동한 리차드는 그곳에 있는 담당자들에게 자신이 왔음을 알렸다.

이내 한국 각성자 협회의 이동 마법진을 담당하는 담당자들이 달려와 리차드를 환영했고 즉시 협회장실로 안내하여 그에게 최고의 차를 대접했다.

리차드는 한국 최고의 차를 음미하면서 조용히 연준혁이 오기만을 기다렸다.

그렇게 한참을 기다리고 있을 때 문이 열리며 두 명의 낯선 남자가 들어왔다.

"어? 손님이 있었네?"

그곳에 등장한 이는 바로 영웅이었다. 리차드는 아무 생각 없이 차를 마시다 영웅과 그 옆에 있는 아더를 바라보았고 이내 온몸에 전기가 짜르르 오는 기분과 함께 몸을 벌떡 일으켰다.

처음 보는 두 사내였다.

자신과 아무런 관련도 없었다.

하지만 지금은 몸 전체가 위험 경고를 날리고 있었다.

그때 한 남자의 몸에서 살기가 느껴졌고, 살기에 깜짝 놀란 리차드가 재빨리 마법을 날렸다.

"아이스 스피어!"

리차드의 손에 순식간에 만들어진 얼음 창은 곧 자신에게 살기를 날린 자에게 날아갔다.

날아가던 창은 살기를 날린 남자가 펼친 것으로 보이는 배리어에 의해 산산이 부서졌다. 리차드는 곧 느꼈다.

저기를 감싸고 있는 배리어를 설치한 자가 결코 자신의 아래가 아님을 말이다.

'강하다! 뭐야? 생김새로 보아 한국인은 아닌데? 누구지?'

리차드가 놀란 표정으로 아더를 바라보며 생각하고 있을 때, 영웅이 놀란 제스처를 취하며 말했다.

"깜짝이야. 갑자기 밑도 끝도 없이 공격을 하네?"

"주인, 내가 살짝 살기를 날렸습니다."

"아, 그래? 어쩐지."

'주인이라고? 저, 저 정도의 남자가 주인으로 모시는 자라니! 마, 말도 안 되는…….'

리차드는 경악했다.

자신과 견주어도 전혀 밀리지 않을 것 같은 능력을 지녔다고 생각했는데 그런 그가 주인을 모시는 자라니.

리차드가 침을 꿀꺽 삼키며 조심스럽게 물었다.

"누, 누구시오?"

"그런 질문은 공격하기 전에 물어야 하는 거 아닌가? 영 예의가 없는데? 그러는 너는 누군데?"

영웅의 말에 리차드가 다시 한번 침을 삼키고 말했다.

"미, 미안하오. 나, 나도 모르게 살기를 느껴……. 나, 나를 모르시오?"

"오늘 처음 봤는데 널 어떻게 알아."

"나는 레전드 등급인 리차드라고 하는데……."

"아! 리차드! 너구나? 우리 준혁이가 남궁성이한테 당할 때 그냥 지켜봤다는 놈이."

리차드는 다른 것보다 남궁성이라는 말에 집중했다.

'저 남자! 남궁성을 알고 있어? 나를 모르는데 그를 안다고? 서, 설마?'

리차드는 자기 생각이 맞는지 확인하기 위해 조심스럽게 영웅에게 물었다.

"혹시…… 남궁성 그 친구가 갑자기 마음을 바꾼 이유가…… 귀하 때문이오?"

"그렇다면?"

"보여 주시오! 내가 믿을 수 있도록!"

"흠, 아더."

"네!"

"상대해 줘라."

"충!"

영웅의 말에 아더가 한 걸음 앞으로 나섰다.

"주인 말씀 들었지? 네 상대는 나다."

"주인이라는 자는 당신보다 강하오?"

"우리 주인? 크큭, 강하시지. 나 따위는 상대도 되지 않을 만큼 강하시다. 이제 되었느냐?"

"그럼 일단 당신부터 이겨야겠군요."

"그렇지. 나를 이겨야 주인께서 나서실 것이다."

아더의 말에 리차드가 이를 악물고 심장에 있는 서클을 맹렬하게 회전시키기 시작했다.

그런 리차드를 보며 아더가 씩 웃으며 말했다.

"마음껏 공격해 봐. 이 방은 내가 완벽하게 차단했으니까."

"좋습니다! 하앗! 매직 페스티벌!"

리차드의 손에서 온갖 종류의 마법들이 아더를 향해 규칙 없는 궤도로 마구 날아가기 시작했다.

쉽게 예측할 수 없는 괴랄한 움직임으로 날아오는 푸른 빛의 구체들을 보며 아더는 아무렇지도 않은 표정으로 손을 휘저었다.

슈악- 화르륵- 빠지직-!

리차드가 날린 마법들은 아더의 손짓 한 방에 모조리 소멸해 버렸다.

리차드는 그 모습에 눈을 휘둥그레 뜨고는 아더를 바라보았다.

자신의 매직페스티벌은 같은 9서클이라도 저렇게 손쉽게 막을 수 있는 성질이 아니었다.

최소한 배리어는 펼쳐야 정상인데 아더는 그것을 무슨 날파리 쫓듯이 휘젓는 것으로 간단하게 처리한 것이다.

경악하는 리차드에게 아더가 피식 웃으며 말했다.

"9서클인가? 제법인데? 인간 주제에 9서클 경지까지 오르다니. 칭찬해 줘야겠군."

아더의 말에 리차드의 눈이 더욱더 커졌다.

"다만, 살짝 불안정하군. 그렇지?"

아더의 이어지는 말에 리차드의 눈이 사정없이 흔들리기 시작했다.

자신의 문제점을 한눈에 정확하게 파악하고 있었다.

지금까지 자신의 문제를 이렇게 한눈에 파악한 자는 아무도 없었다.

자신의 문제를 한눈에 파악하려면 자신보다 강한, 그것도 아득하게 강한 자여야만 가능했다.

그런데 지금 눈앞에 있는 아더는 자신의 문제점을 정확하게 지적하고 있었다.

아더의 말에 리차드는 지금 자신이 무엇을 하고 있었는지도 잊은 채 간절하게 말했다.

"그, 그것을 어찌? 그, 그렇다면 그것을 안정시키는 방법도 아십니까?"

"맨입으로?"

"워, 원하는 것은 무엇이든 드리겠습니다! 나의 모든 것, 아니 그대를 주인으로 모시라고 해도 그러하겠습니다! 그러니 부디 알려 주십시오!"

이것은 리차드 평생의 숙원이었다.

완전한 9서클 경지에 오르는 것.

그것을 위해서라면 모든 것을 다 걸어도 상관이 없었다.

남궁성이 왜 마음을 바꾸었는지 아더의 주인이라는 자가 어떤 사람인지도 그의 머릿속에서 사라졌다.

그 모습에 아더가 미소를 지으며 말했다.

"그럼 저기 계신 저분을 주인을 모시겠다고 하면 내가 방법을 알려 주지."

아더의 말에 고개를 돌려 보니 어느새 소파에 앉아 홍차를 마시고 있는 영웅이 보였다.

리차드는 영웅을 바라보며 아더에게 물었다.

"그대가 방법을 안다는 것을 어찌 증명하시겠습니까?"

"방법? 이런 걸 보여 달라는 소리인가?"

순간 방 안에 자신이 한 번도 느껴 보지 못했던 막강한 기운과 엄청난 열기가 올라오기 시작했다.

이 기운의 정체가 무엇인지 너무도 잘 알고 있는 리차드가 재빨리 아더를 바라보았다.

아더의 손에는 새하얀 광구가 맺혀 있었다.

"헤, 헬파이어……!"

리차드 자신도 9서클 마법사이니 헬파이어를 만들 수 있었다.

하지만 지금 아더의 손에 펼쳐진 헬파이어는 자신이 꿈꿔오던 완벽한 헬파이어였다.

"저, 정말이었어……."

완벽한 헬파이어를 본 리차드는 감동에 찬 얼굴로 아더의 손을 바라보고 있었다.

그러고는 고개를 끄덕이더니 뒤도 돌아보지 않고 영웅에게 달려가 무릎을 꿇고 그의 손에 입을 맞추며 말했다.

"마스터, 이제부터 저의 마스터이십니다."

리차드는 고민하지 않았다.

레전드급 각성자가 아니어도 상관없었다.

자신의 오랜 염원이자 꿈이 이루어질 수 있는 기회가 찾아왔는데 이것을 허망하게 날릴 정도로 멍청하지 않았다.

거기에 자신보다 강한 마법사가 이자를 주인으로 모시고 있었다.

그것만으로도 충분한 설명이 되었다.

"뭐야? 엄청 박진감 넘치는 액션이 펼쳐질 줄 알았는데……. 싱겁게 끝났네."

"주인이 원한다면 지금이라도 박진감 있는 액션, 하겠습니다."

아더의 말에 영웅이 피식 웃으며 말했다.

"됐다. 약한 애들 괴롭히는 취미 없다."

약한 애들이라는 영웅의 말에 리차드가 고개를 번쩍 들었다.

"마스터의 눈에는 제가 약합니까?"

리차드의 질문에 영웅이 씨익 웃으며 말했다.

"방금 너랑 대련한 저놈의 정체가 드래곤이라면 믿을래? 그 드래곤이 내 수하야. 그런데 걔도 내 눈엔 약해 보여. 이제 질문에 답이 되었나?"

영웅의 장난기 가득한 말에 리차드가 다시금 경악한 얼굴로 아더를 바라보았다.

"드, 드래곤이요? 그, 그게 저, 정말입니까?"

드래곤은 모든 마법의 조종이었다.

자신 같은 인간이 마법으로 따라갈 수 있는 존재가 아니었다.

"어, 어쩐지. 마, 마법을 잘 다루시더라니."

리차드는 확신이 들었다.

이제 자신의 숙원이 정말로 이루어질 것이라는 걸 말이다.

그리고 깨달았다.

자신이 이곳에 온 것은 운명이라고.

바로 영웅이라는 주군을 모시기 위한 운명.

리차드의 표정이 편안하게 변하기 시작했다.

그 모습에 영웅이 놀란 표정으로 말했다.

"어? 믿네? 다들 의심부터 하던데."

영웅의 말에 리차드가 고개를 돌려 영웅을 올려다보고 다시 고개를 숙이며 말했다.

"마스터께서 그리 말씀하셨으니까요."

천성이 집사인 것 같았다.

어쩜 이렇게 바로 적응하는지, 오히려 영웅이 혀를 내두를 정도였다.

"뭐, 알아서 말 잘 듣겠다니 그냥 가겠어. 한국의 연준혁이랑 독고영재도 내 수하다. 그러니 앞으로 잘 지내고 그들 일도 잘 처리해 주길 바라."

"예스, 마스터."

"뭐 얼떨결에 수하 하나가 더 생겼네. 아더, 네가 앞으로 잘 지도해 줘."

"알겠습니다, 주인. 리차드라고 했나?"

"넵!"

"따라와라! 자격이 있는지 먼저 보겠다."

아더의 말에 곧바로 따라가지 않고 다시 한번 영웅을 바라보며 허락을 구하는 리차드였다.

그 모습에 영웅이 다시 피식 웃으며 고개를 끄덕였다.

"마스터, 그럼 편히 쉬십시오!"

리차드는 다시 한번 인사하고는 신이 난 모습으로 아더를 따라나섰다.

아더와 리차드가 사라지고 난 뒤에 영웅이 웃으며 중얼거렸다.

"생각보다 괜찮은 놈이네."

정식으로 레전드 등급으로 인정된 연준혁과 독고영재.

그들이 있는 한국은 더는 약소국이 아니었다.

그 사실이 당혹스러운 것은 다른 곳도 아닌 바로 중국이었다.

특히, 실종된 제갈천을 압박해서 찾으려 했는데 한국의 각성자 협회장이 레전드급이 된 것이다.

거기에 남궁성은 면벽 수련을 하겠다며 폐관에 들어간 상태.

이에 중국의 각성자 협회에서는 긴급 회동을 열고 현재의 사태에 대해 의논을 하고 있었다.

"하아, 어찌해야 하오? 지금 우리 중국의 꼴이 말이 아니오."

"저 작은 나라에서 왜 저런 인재들이 끊임없이 나오는지 알다가도 모를 일이오."

"예로부터 그러지 않았소. 뭘 새삼스럽게……. 사기적인 인재들이 혜성처럼 등장하는 나라요."

"당신은 지금 어느 나라 사람이오? 한국을 칭찬하고 있을 때요?"

"내가 언제 칭찬을 하자고 했소이까? 현실을 직시하자는 소리요!"

"현실? 그런 패배자 같은 정신으로 무공을 익히니 항시 그 모양이지!"

"뭐라? 지금 말이면 다인 줄 아시오? 당장 그 말 취소하시오!"

장내가 시끄러워지기 시작하자 현재 임시로 군사를 맡고 있는 제갈현이 손뼉을 치며 분위기를 반전시켰다.

짝짝짝—!

"그만들 하시지요. 각 문파의 문주님들을 모신 것은 이러자고 한 것이 아닙니다."

"끄응."

"미안하네, 군사."

"우리도 모르게 신경이 날카로웠나 보이. 사과함세."

"괜찮습니다."

서로 으르렁거리던 사람들이 순식간에 자신의 잘못을 인정하고는 제갈현에게 사과했다.

이것으로 보아 현재 제갈현이 이들에게 어떠한 존재인지를 알 수 있었다.

"군사는 뭔가 좋은 방법이 있는가?"

"맞네. 자네라면 뭔가 좋은 수가 있지 않겠는가."

사람들의 물음에 제갈현이 턱을 쓰다듬으며 잠시 동안 고민하기 시작했다.

그러다가 자신의 부채를 손에 쥐고 얼굴을 가리며 말했다.

"일단은 제가 한국으로 가 보겠습니다. 직접 가서 연 협회장과 이야기하고 오겠습니다. 일단 연 협회장님과 그분과의 사이에 무언가 일이 있었던 것은 분명해 보이니, 가서 직접 자초지종을 듣고 판단해야 할 것 같습니다."

"군사가 직접? 허어. 군사마저 잘못되면 우리는 정말 풍비박산이 날 것이오."

다들 걱정스러운 표정으로 제갈현을 만류하자, 그가 입가에 미소를 지으며 말했다.

"다들 이 부족한 소생을 이리도 챙겨 주시니 몸 둘 바 모르겠습니다. 하지만 이번 일은 크게는 중국을 위한 일이기도 하나, 작게는 저희 집안일이기도 합니다. 아시지 않습니까? 실종되신 분은 바로 저의 당숙이 되신다는 사실을 말입니다."

제갈현의 말에 다들 가지 말라는 말은 못 하고 고개만 숙였다.

"무사히 잘 다녀오겠습니다. 그러니 너무 걱정하지 마시길 바랍니다."

"하아, 알겠소. 군사. 무사히 잘 다녀오시오."

"이해해 주셔서 감사합니다."

"대신, 빨리 오셔야 하오. 지금 맹에는 맹주도 없고 이번에 한국으로 가는 군사도 없으니 다들 불안한 상태요."

다들 걱정스러운 표정으로 제갈현을 바라보았다.

그런 걱정과 달리 제갈현의 마음은 초조했다.

'정말로 한국에도 안 계신다면 어쩌지? 제발…… 그곳에는 계셔야 할 텐데.'

그 누구보다 가문을 위해 살아오셨던 분이다. 무림맹의 군사직도 오로지 자신의 가문을 위해 제 한 몸 아끼지 않고 뛰어드신 분이었다.

또한 제갈현이 어렸을 적부터 그의 재능을 한눈에 간파하고 애지중지 키우기도 한 인물이었다.

그랬기에 제갈현에게는 가장 존경하면서 그 누구보다 소중한 사람이었다.

제갈현은 속으로 다짐을 하고 또 했다.

반드시 무사히 돌아오게 한 뒤에 여생을 편히 모시겠다고.

한국 각성자 협회 집무실 소파에 영웅이 표정이 일그러진 채로 누군가를 바라보고 있었다.

"너무 빨리 온 거 아니야? 우리 어제 본 거 같은데?"

"하하, 마스터가 이곳에 계신데 어찌 제가 편히 있겠습니까. 하루라도 빨리 모셔야지요."

넉살맞은 표정으로 연신 웃으며 영웅에게 말하는 남자, 바로 리차드였다.

이제 집에서 좀 쉬려고 하는데 연준혁에게 다급하게 연락이 와서 와 보았더니, 저렇게 웃으며 자신을 반기는 것이다.

"하아, 아더가 목적인 거 다 안다. 아더."

"네, 주인."

"데리고 가서 잘 가르쳐."

"안 됩니다. 주인! 아직 배울 시기가 아닙니다. 주인 밑에서 주인에게 충성을 보이는 모습을 보여야만 합니다."

"뭔 소리야? 저번에 자격이 있는지 없는지 본다며? 아니었어?"

"맞습니다! 주인이 명해서 가르치려 했지만 생각해 보니 아직 주인께 충성을 다하는 모습도 보여 주지 못했는데 가르친다는 것은 말이 안 됩니다! 주인에게 제대로 된 충성심을 보이면 그때 가르치겠습니다!"

영웅은 이마를 짚었다.

최근에 이상하게 충성심이 크게 올라간 아더였다.

무엇을 하든지 영웅을 중심으로 움직이고 있었다.

"충성심이라는 것이 그렇게 막 억지로 한다고 만들어지는 게 아니야."

영웅의 말에 아더가 고개를 절레절레 흔들며 말했다.

"아닙니다, 주인. 제가 그 경험자입니다."

순간 영웅은 벙찐 얼굴로 아더를 바라보았다.

그리고 다시 이마를 짚었다.

아무리 봐도 자신의 뜻을 굽힐 마음이 없는 것 같았다.

명령이라고 하면 듣겠지만 또 그러고 싶진 않았다. 아더는 자신을 생각해서 저리하는데 거기에 대고 강제로 하라고 명하긴 싫었다.

“그래, 알아서들 해라.”

“하하! 마스터! 염려 마십시오! 이 리차드 앞으로 마스터를 위해 이 몸을 불사를 준비가 되어 있습니다. 무엇이든 말씀만 하십시오.”

“호오, 무엇이든?”

영웅의 말에 리차드가 자신의 가슴을 팡팡 치며 자신 있게 말했다.

“그렇습니다, 하하. 자랑은 아니지만 제가 돈이 좀 있습니다. 자금이 부족하실 때 언제든지 말씀만 하시면 제가 바로 지원하겠습니다.”

“얼마나 있는데?”

영웅의 물음에 리차드가 웃으며 말했다.

“마스터께서 깜짝 놀라실 정도로 있습니다. 제 재산으로 한국이라는 나라를 운영한다면, 못해도 10년은 세금을 거두지 않고 운영할 수 있을 겁니다.”

그 말에 영웅이 고개를 끄덕이며 말했다.

“그렇구나. 많다고 할 만하네.”

어째 반응이 시큰둥했다.

'어라? 이게 아닌데?'

보통 자신의 재산을 이야기하면 눈빛이 돌변하며 친한 척하는 사람들이 대부분이었다.

항상 이런 식으로 인맥을 만들어 왔고 또 자신의 사람으로 만들어 왔다.

그런데 영웅에겐 전혀 통하지 않았다.

오히려 그게 다냐는 표정으로 리차드를 바라보고 있었다.

"마스터, 놀라지 않습니까? 마스터는 이제 평생을 돈 걱정을 하지 않고 사실 수 있습니다. 원하신다면 제 전 재산을 바치겠습니다."

리차드가 고개를 숙이며 말하자 영웅이 아닌 연준혁이 대신 대답해 주었다.

"주군께선 그보단 더 많은 재산을 가지고 계십니다. 그러니 관심이 없으신 것이지요."

연준혁의 말에 리차드는 화들짝 놀란 표정으로 연준혁과 영웅을 번갈아 가며 바라았다.

"마, 마스터! 이, 이게 지금 무슨 소리입니까?"

리차드가 다급하게 연준혁의 말에 진실 여부를 물었다.

"준혁이가 알고 있는 것도 일부고…… 대충 금으로만 만들어진 도시를 지을 수 있을 정도?"

"네에에? 그, 그게 말이 됩니까? 마, 말도 안 됩니다!"

"그거 봐, 사실을 말해 줘도 믿지 않을 거면서."

영웅의 말에 리차드는 이제야 슬슬 감이 잡히기 시작했다.

아더가 대단한 것이 아니었다.

위대한 대마법사라고 추정하는 아더가 영웅을 이토록 따르는 이유는 자신보다 뛰어났기 때문이었다.

'도대체 얼마나 강하신 것이지?'

생각해 보니 아더의 마법에 홀려서 아무 생각 없이 영웅을 모시기로 한 것이다 보니, 정작 자신이 마스터로 모시는 영웅에 대해선 아는 바가 전혀 없는 리차드였다.

리차드가 침을 꿀꺽 삼키며 영웅에게 물었다.

"호, 혹시 마, 마스터께서도 마법을 사용하십니까?"

"마법? 아, 전에 아더가 보여 준 거?"

웅웅웅—!

아더가 펼친 것보다 더 빠른 속도로 펼쳐진 헬파이어를 보고 경악하는 리차드였다.

"주인! 제 것보다 더 완벽하고 더 강한 헬파이어입니다."

아더는 정말로 기쁜 표정으로 손뼉을 치며 웃고 있었다.

그리고 신이 나서 떠들기 시작했다.

"역시 주인! 딱 한 번 원리를 설명했을 뿐인데 그것을 더 강하게 펼치시다니. 과연 이 아더의 주인이십니다. 아더는 주인이 펼친 그 헬파이어를 막을 엄두조차 내지 못합니다!"

아더의 부연 설명에 리차드의 눈은 찢어지기 일보 직전까지 커졌다.

지금 아더의 말은 영웅이 원래 마법을 알고 있지 않았다는 소리였다.

단 한 번 원리를 설명한 것이 다라지 않은가.

“그, 그것이 사실입니까?”

리차드의 물음에 영웅이 시큰둥하게 대답했다.

“그게 뭐 대단한 거라고. 사실 원리를 듣지 않아도 한 번 본 건 어지간하면 다 익힐 수 있긴 하지.”

인간이 아니었다.

자신의 눈앞에 있는 영웅은 인간이어선 안 되었다.

인간의 능력을 아득히 넘어선 짓을 아무렇지도 않게 하고 있었다.

완벽한 마법사가 되기 위해 자신의 모든 것을 내팽개쳐 두고 온 자신이 한없이 작아 보이는 리차드였다.

한때는 사람들이 천재라며 치켜세워 줄 때도 있었다.

영웅의 앞에서 갑자기 그 생각이 떠오르니 얼굴이 순식간에 붉어졌다. 지금 자신의 눈앞에 진짜 천재가 앉아 있었다.

아니, 신이 앉아 있었다.

그런 리차드를 위로한다고 아더가 말한 내용이 다시 한번 그를 충격에 빠뜨렸다.

“괜찮다. 드래곤인 나도 주인한테는 한 방이었다. 그렇게 좌절하지 마라.”

리차드는 멍한 표정으로 아무 생각 없이 아더의 말에 고개를 끄덕이다가 일순간 그 움직임이 멈췄다.

그리고 기이한 동작으로 고개를 서서히 돌리는 리차드였다.

리차드는 방금 말한 아더를 바라보며 되물었다.

"바, 방금 뭐, 뭐라고 하셨는지? 제가 방금 뭔가를 잘못 알아들은 것 같아서 말입니다."

더는 놀랄 일이 없으리라 생각했는데, 끊임없이 놀라운 일이 벌어지고 있었다.

"아더……. 그건 창피하다며 비밀이라고 했잖아."

"주인, 저를 희생해서 주인을 띄울 수 있다면 저는 뭐든지 할 수 있습니다."

그리고 고개를 돌려 리차드에게 또박또박 말해 주었다.

"이 몸은 드래곤이다. 네놈이 배운 마법의 조종이자 시초. 그런 내가 주인에게 단 한 방에 기절했다. 이제 알겠느냐, 주인의 위대함을?"

털썩-!

그 말에 다리가 풀렸는지 바닥에 주저앉아 버리는 리차드였다.

"그, 그럼 설마……. 보라색 웜홀이 소멸한 이유도 마스터께서?"

"그건 주인이 소멸시킨 것이 아니다. 저절로 소멸했다. 덕분에 나는 집에 못 가고 이러고 있지만, 후회하지 않는다. 주인과의 하루하루가 행복하다.”

항상 혼자였다가 이렇게 같이 지낼 수 있는 사람들이 생기니 그것이 기쁜 아더였다.

가족이라는 것이 이런 것인가를 최근에 많이 느끼고 있었다.

낯부끄러운 말을 아무렇지도 않게 무표정으로 말하는 아더를 보며 영웅은 고개를 흔들었다.

하지만 리차드의 귀에는 그 소리가 하나도 들어오지 않았다.

‘드, 드래곤을 하, 한 방에 제압하셨다고? 마, 맙소사. 나 같은 건 마스터의 주먹 한 방이면 그냥 즉사였겠구나.’

드래곤은 전설 속에 나오는 존재였다.

사실 전설만 들었을 때는 그래도 현실에 정말로 등장한다면 자신들이 해볼 만하지 않을까 하는 생각도 했었다.

그것은 크나큰 착각이고 오산이었다.

리차드는 아더를 바라보며 생각했다.

‘해볼 만하다고? 하하…….’

레전드인 자신을 한 수에 제압한 존재다. 심지어 크게 힘을 쓰지도 않았다.

‘과연……이라고 해야 하나?’

그리고 영웅을 바라보았다.

‘나로서는 감히 손도 못 대 볼 저 드래곤을 한 방에 제압하

셨다고? 하아……. 나는 정말 우물 안의 개구리였구나.'

리차드의 표정은 시시각각 변하고 있었다.

그리고 천천히 영웅에 대한 마음을 정리해 가고 있었다.

그것을 본 영웅이 말했다.

"뭔가 생각이 되게 많은가 보다. 표정에 다 쓰여 있네."

영웅의 말에 연준혁은 옆에서 씁쓸한 미소를 지었다.

자신도 저런 적이 있었기 때문이었다.

그러다가 생각해 보니 자신을 위해 뒤도 돌아보지 않고 나서서 일을 해결해 준 영웅이 너무도 고마웠다.

연준혁이 영웅에게 나직하게 말했다.

"주군, 감사합니다."

갑자기 뜬금없이 무슨 소리냐는 표정으로 바라보는 영웅에게 연준혁은 그저 자신의 말을 했다.

"앞으로 저의 모든 것은 전부 주군만을 위해 쓰일 것입니다."

진심으로 영웅에게 복종하는 자의 자세였다.

"싱겁긴. 다른 건 몰라도 내 사람 건드리는 것은 못 참는다. 어디 가서 맞으면 재깍재깍 말해. 가서 아주 혼꾸녕을 내줄 테니."

영웅이 농담조로 웃으면서 말했다.

"네! 알겠습니다. 누가 저 건드리면 바로 주군에게 달려와 말하겠습니다."

연준혁의 말에 영웅이 씨익 웃었다.
둘의 대화에 리차드가 끼어들었다.
"마, 마스터! 저, 저도 누가 건드리면 마스터가 호, 혼내 줍니까?"
영웅이 리차드를 지그시 바라보았다.
"넌 하는 거 봐서."
리차드는 실망했다.
동시에 앞으로 영웅의 눈에 들기 위해 무엇이든 하겠다고 다짐했다.
리차드의 눈은 영웅이 아닌 연준혁을 향하고 있었다.
언젠가 그 옆자리는 자신이 차지하겠다는 야망과 함께.
연준혁 역시 그런 리차드의 눈빛을 받아 내며 다짐했다.
절대로 뺏기지 않겠다고.

대격변이 무사히 지나가고 세상은 다시 평소와 다름없는 일상을 시작했다.
각성자 협회는 이번 대격변에서 새로 탄생한 각성자들을 가르치고 등록하느라 정신없는 하루하루를 보내고 있었다.
또, 끝도 없이 각성자 테스트를 받기 위해 몰려오는 사람들까지 상대하느라 연일 바쁘게 돌아가고 있었다.

연준혁 역시 레전드 등급이 되고 더 정신없이 바쁜 하루하루를 보내고 있었다.

여기저기서 날아오는 축하 인사에, 협회 내에 있는 각성자들의 끊임없는 면담 요청까지 몰려들었다.

정신없는 하루하루를 보내고 있는 연준혁에게 예상 외의 인물이 방문했다.

"처음 뵙겠습니다. 중국 각성자 협회의 군사직을 맡은 제갈현이라고 합니다. 이렇게 갑작스러운 요청을 받아 주셔서 감사합니다."

"하하, 아닙니다. 잘 오셨습니다."

"아, 이번에 레전드 등급에 오르신 것을 진심으로 축하드립니다. 그리고 저희 협회장님이 하신 행동에 대해선 다시 한번 사죄를 드리겠습니다."

제갈현이 고개를 숙이며 과거에 남궁성이 저지른 일에 대한 사죄의 말을 하자, 연준혁이 손사래를 치며 다가가 그를 일으켰다.

"됐습니다. 다 지난 일이고 그분께서도 욱하는 마음에 그러셨다고 하시지 않으셨습니까. 또, 본인께서 직접 자신에게 벌을 주고 계시니 더는 말하지 않으셔도 됩니다."

"감사합니다. 앞으로 저희 중국 협회에 부탁하실 일이 있다면 언제든지 말씀해 주십시오. 제가 가장 먼저 처리해 드리겠습니다."

"하하, 말씀만으로도 감사합니다. 앞으로 양국 간에 있었던 사소한 오해는 풀고 서로 상생하며 살아가 봅시다."

"좋은 말씀이십니다. 저 또한 노력하겠습니다."

제갈현의 말에 연준혁은 기쁜 미소를 지으며 물었다.

"그런데 이곳에는 어쩐 일로 오셨습니까?"

연준혁의 물음에 제갈현이 머뭇거리다가 입을 열었다.

"죄송합니다만, 사람을 찾고 있습니다."

제갈현이 조심스럽게 누군가를 찾고 있다고 말하자, 연준혁은 잠시 고개를 갸웃거리다가 손뼉을 치며 말했다.

"아! 맞다! 이제야 생각났습니다. 한국으로 오신 전대 군사께서 실종이 되셨다고."

연준혁은 과거 중국 협회에서 온 요청 공문을 떠올렸다.

공문을 받고 한국 각성자들에게 협조를 요청해 샅샅이 뒤져 보았지만, 어디서도 나오지 않았기에 찾지 못했다고 중국에 다시 통보를 했던 것이 기억났다.

"죄송합니다. 요즘 정신이 없어서 잠시 잊고 있었습니다. 그런데 그때 분명히 한국에는 계시지 않는 것 같다고 전해드린 것으로 알고 있는데요."

"네. 맞습니다. 저희도 그렇게 들었죠. 다만, 제 눈으로 확실하게 확인하고 싶어서 이렇게 찾아왔습니다. 오해는 하지 말아 주십시오. 절대로 한국 각성자 협회를 못 믿어서가 아닙니다. 제게는 워낙에 소중하신 분이라……."

제갈현이 말을 하다가 멈췄다.
그의 얼굴엔 슬픔이 밀려들고 있었다.
그 모습에 연준혁이 고개를 끄덕이고는 그의 손을 잡았다.
"아닙니다. 가족이 사라졌는데 어느 누가 마음 편히 있겠습니까. 전부 이해합니다."
"이해해 주셔서 감사합니다."
"일단 저희가 찾아볼 수 있는 곳은 전부 찾아보았습니다. 심지어 전국 방방곡곡에 사진도 뿌리고 거기에 사례금까지 걸었습니다. 하지만 아무런 소식도 없고 저희 요원들도 찾지 못했습니다. 죄송합니다."
"아, 아닙니다. 저희 당숙께서 마음먹고 숨으시면 그 누구도 찾을 수 없을 것입니다. 다만, 그분께서 그러실 리가 없기에 이러는 것이지요."
연준혁은 축 처진 제갈현이 안쓰러워 보였다.
그동안의 맘고생이 눈에 보이는 것 같았다.
"일단은 저희도 최대한 지원해 드리겠습니다. 전에 만들어 두었던 전단지도 다시 돌리고요."
"가, 감사합니다. 사례금은 제가 부담하겠습니다. 1백억으로 책정해 주십시오."
"네?"
"1백억이요. 그 정도는 걸어야 사람들이 눈에 불을 켜고 찾아볼 것이 아닙니까. 거기에 발견하는 헌터들에게는 신화급 장비를 주겠다고 하십시오."

"시, 신화급 장비까지요?"

"그 정도는 되어야 돈이 풍족한 헌터들도 눈에 불을 켜고 찾아다닐 테니까요. 부탁드리겠습니다."

"아, 알겠습니다."

전에 연준혁이 그에게 걸었던 사례금은 2억 원이었다.

그 정도만 돼도 제보가 들어오리라고 생각했는데 확실히 가족은 달랐다.

저 금액이면 거짓 정보도 꽤 들어올 것이다.

"정보가 들어오면 그분의 인상착의 및 행동, 그리고 얼굴에 난 상처의 형태 등을 물어보십시오. 그분에 대한 자세한 내용은 여기에 적혀 있으니 이것을 기준으로 판별해 주시면 됩니다."

제갈현의 말에 연준혁이 고개를 끄덕였다.

"알겠습니다. 이번에는 꼭 찾을 수 있도록 해 봅시다."

"감사합니다. 이 은혜는 반드시 갚도록 하겠습니다."

"하하! 뭘요. 같은 각성자 식구끼리 돕고 사는 것이죠. 자자, 먼 길 오시느라 고생하셨으니 일단은 저녁부터 드시죠. 제가 대접하겠습니다."

제갈현은 한사코 거절했지만, 연준혁은 그런 그를 억지로 끌고 가다시피 하며 이동했다.

영웅은 자신의 수하들이 만든 단체인 무신천의 진행 상황을 알기 위해 천민우를 찾았다.

연준혁이 레전드 등급이 된 후로 정신없이 바쁜 터라 찾아가기가 미안했기 때문이었다.

그런데 천민우가 아까부터 무언가를 유심히 보고 있었다.

"뭘 그렇게 보고 있어?"

영웅이 온지도 모를 정도로 집중해서 보던 천민우가 화들짝 놀라며 뒤를 돌아보았다.

"헉! 주, 주군? 죄, 죄송합니다. 제가 주군이 오신 것도 모르고."

"아니야. 그런데 뭘 그렇게 집중해서 보고 있는 거야?"

영웅은 천민우가 보던 화면에 얼굴을 들이밀었다.

혹시라도 야한 동영상을 보는 건가 싶어서 입가에 미소를 지으며 들여다보았는데, 웬 할아버지 사진이 떡하니 있었다.

"뭐야? 너 이런 취미였어?"

영웅이 정색하며 천민우를 바라보자, 영웅이 무엇을 오해하는지 깨달은 천민우가 다급하게 손을 흔들며 말했다.

"아, 아닙니다! 주군! 오해십니다! 저, 저는 젊은 여성을 좋아하는 건강한 남자입니다!"

"그럼 이건 뭐야?"

"아, 협회에서 협조 공문이 왔는데 이 사람이 행방불명이 되었다고 혹시라도 발견하면 알려 달라고 하네요."

"아, 그래? 그런데 뭘 그렇게 집중해서 보고 있어?"

"사진이 아니라 그 옆에 사례금과 헌터들에게 내건 상품을 보고 놀라서 보고 있었습니다."

"사례금? 상품?"

천민우의 말에 다시 모니터를 보니 사례금이 무려 1백억이었다.

거기에 신화급 장비까지.

영웅도 헌터들에겐 돈보다 저 신화급 장비가 더 소중하다는 것을 잘 알고 또 정말로 구하기 어렵다는 것을 알고 있었기에 놀란 표정을 지었다.

"이야, 진짜 소중한 사람인가 보네. 그러면 도와야지."

영웅은 대충 보았던 사진을 자세히 보기 시작했다.

그러다가 고개를 좌우로 갸웃거리며 무언가를 생각했다.

천민우는 그런 영웅의 행동에 의아함을 느끼며 물었다.

"주군, 왜 그러십니까? 설마 어디선가 보신 적이 있으십니까?"

천민우의 말에 영웅이 중얼거렸다.

"어디서 봤더라? 제갈천을 닮았는데……. 여기 이름이 제갈천……. 제갈천! 어? 맞네? 제갈천!"

영웅은 손뼉을 치며 기억난 듯이 외쳤다.

그런 영웅을 보며 천민우가 다급하게 물었다.

"아, 아는 자입니까? 어, 어디서 보셨는데요?"

천민우의 말에 영웅이 모니터를 바라보며 말했다.

"그런데 여기에 없는데……. 흠."

"네? 여기에 없다는 게 무슨 뜻인지? 서, 설마? 죽었습니까?"

"아니, 죽은 건 아니고 이쪽 세상에 없다고."

"네에?"

영웅의 말에 천민우가 잠시 당황하더니 무언가가 떠올랐는지 설마 하는 표정으로 물었다.

"아니죠? 화이트 웜홀……."

천민우가 설마 아닐 것이라 생각하며 물었는데, 영웅은 고개를 끄덕였다.

"맞아. 거기서 봤어. 그쪽 세상의 흑막이었지, 저놈이."

"네? 흑막이요?"

"응, 무림을 전복시키려는 음모는 아니고 자기 가문을 최강의 가문으로 만들기 위해서 수단과 방법을 가리지 않았었지. 뭐, 나중에는 나한테 몇 대 쥐어박히고 반성했지만."

쥐어박혔다는 표현에 천민우는 생각했다.

'제갈천, 그 사람도 쥐어박혔다고 생각할까?'

아마 절대로 아닐 것이다.

"아무튼, 이렇게 짧은 머리에 정장을 입고 있어서 잠시 못 알아봤네. 이야, 이렇게 보니 완전히 다른 사람이네, 다른 사람이여. 이름이 같지 않았다면 못 알아보고 그냥 넘어갈 뻔했네."

"그럼 어찌합니까? 월홀 세상 속에 있다고 하면…… 아니, 가만……. 주군을 따라서 나오면 되는 거 아닙니까?"

생각해 보니 그랬다.

영웅이 자유자재로 오가고 있으니 자신도 따라 나오면 그만이었다.

"아니, 그곳에서 살겠다더군."

"아니, 왜요?"

"그곳에서…… 새로운 가정을 이루었어."

"헐……. 저 나이에요?"

"나이가 무슨 상관이야. 사랑에는 나이가 의미 없지. 그리고 원래부터 가문에 대한 애정이 넘쳐 나는 인간이었어."

그건 잘 알고 있었다.

제갈천의 가문 사랑은 각성자 중에서 모르는 사람이 없을 정도로 유명했다.

영웅이 하는 이야기를 들어 보니 정말로 그가 맞는 것 같았다.

"주군의 말씀을 들어 보니 확실한 것 같습니다."

"준혁이가 찾고 있다고?"

"네! 그렇습니다."

천민우의 말에 영웅이 팔짱을 끼고는 말했다.

"흠, 그렇단 말이지? 좋아. 일단 협회로 가자."

"네! 제가 모시겠습니다."

한편 제갈현은 정신을 못 차리고 있었다.

연준혁이 무의식적으로 내뱉은 단어 한마디 때문이었다.

'주, 주군? 주군이라니? 레전드급 각성자한테 주군이 있다고? 이게 무슨 말이야?'

연준혁과 사방에서 들어오는 제보를 대조하며 열심히 찾고 있는데 영웅이 들어온 것이었다.

문제는 정신이 없던 연준혁이 자신의 옆에 제갈현이 있다는 사실을 잊은 채 평소처럼 영웅을 맞이했다는 점이다.

그것은 절대로 꾸며 낸 행동이 아니었다.

정말로 진심으로 상대에게 복종할 때 나오는 눈빛과 동작이었다.

"하아, 이러다가 세상 사람들이 내 정체를 다 알겠다."

"죄, 죄송합니다. 간만에 오신 터라 너무 반가운 나머지……."

반가워서 그랬다는데 거기에 대고 뭐라 할 것인가.

그저 쓴웃음을 지으며 괜찮다고 말할 뿐이었다.

"이보시오, 군사. 미안하지만 오늘 일은 혼자만 알고 계셔 주시오."

연준혁이 진중한 표정으로 부탁을 해 오고 있었다.

제갈현은 궁금한 점이 너무도 많았지만, 일단은 고개를 끄덕였다.

아직은 이곳의 도움이 절실한 입장이기도 했으니 말이다.

그런 제갈현에게 영웅이 건 조건은 그의 목을 사정없이 위아래로 흔들게 만들었다.

"입 다문다고 하면 여기 이 사람 찾아 주지."

제갈현은 영웅의 말이 무슨 뜻인지 이해하려 애쓰는 표정이었다.

"그런 표정 짓지 마. 이 사람 어디 있는지 아는 사람은 세상에서 나밖에 없을 거야."

"그, 그게 사실입니까? 이, 이분이 어디에 계시는지 아, 알고 계신단 말입니까?"

제갈현은 믿을 수 없다는 표정으로 연신 확인을 했다.

"주군! 정말입니까? 어, 어디에 있습니까?"

연준혁과 제갈현, 그리고 천민우의 눈이 일제히 영웅의 입으로 집중이 되었다.

하지만 그런 그들의 기대를 저버리고 영웅은 손으로 어딘가를 가리켰다.

다들 그 손을 따라 고개를 돌리자 거대한 돔이 보였다.

그곳은 한국 각성자 협회에서 관리하는 화이트 웜홀이 있는 곳이었다.

"서, 설마?"

연준혁이 경악한 표정으로 영웅을 바라보자 제갈현이 다급하게 물었다.

"왜 그러십니까? 서, 설마 제 당숙이 저곳에 계신다는 뜻입니까?"

애원하다시피 물어 오는 제갈현에게 연준혁이 자세히 설명을 해 주었다.

"저곳은 저희가 특별하게 관리하고 있는 웜홀입니다. 화이트 웜홀. 아시죠? 한 번 들어가면 못 나오는 곳으로 알려진……."

제갈현의 표정은 사색이 되었다.

저곳에서 그분을 보았다는 이야기는 그분이 화이트 웜홀 속으로 들어갔다는 소리가 아닌가.

그렇다면 이제 찾을 길이 없는 것이다.

그 누구도 빠져나온 자가 없다는 화이트 웜홀이었다.

아직 그 안에 무엇이 있는지, 어떤 세상인지 알려진 바가 전혀 없는 웜홀.

또한, 유일하게 특정 아이템이 있어야만 들어갈 수가 있는데다, 한 번 들어가면 다시는 나오지 못한다는 특징까지 겹쳐져서 악마의 웜홀이라는 별칭까지 생긴 웜홀이었다.

지금은 화이트 웜홀이 생기면 사람들이 접근하지 못하도록 철저하게 막아 두고 신경조차 쓰지 않는 수준이었다.

조사도 안 되고 사람이 되돌아오지도 못하는데 각성자라는 고급 자원을 끝없이 낭비할 나라는 존재하지 않았다.

제갈현은 그 자리에서 털썩하고 주저앉았다.

저곳으로 들어갔다면 못 찾는 것이 당연했다.

화이트 웜홀에 들어갔으니 그토록 소식도 없고 아무리 찾아도 모습이 보이지 않는 것이었다.

망연자실한 채로 바닥에 주저앉아 있는 제갈현에게 영웅이 말했다.

"아까 말했지? 찾아 주면 오늘 일은 영원히 함구하기로."

4장

영웅의 말에 제갈현은 힘없는 목소리로 대답했다.

"그건…… 걱정하지 마시오. 남아일언중천금이라 하였소. 내 반드시 지키리다. 다만, 당숙께서 정말로 저 안으로 들어가셨다는 확실한 증거를 확보할 때까진 보류요. 그대들을 믿지 않는 것은 아니지만 이런 일은 확실해야 하니까."

"증거? 좋아! 그럼 만나러 갈 준비하자. 증거를 찾는 것보단 만나러 간다는 것이 맞는 표현일 테니."

영웅의 말에 제갈현이 숙이고 있던 고개를 들어 올렸다. 그의 눈에는 눈물 한 방울이 맺혀 있었다.

그 눈물이 볼을 타고 내려오는 것을 느끼며 그게 무슨 소리냐는 표정을 짓는 제갈현이었다.

"말 그대로야. 만나러 가자고. 내가 어디 있는지 아니까."

"그게 무슨 말씀이십니까? 만나러 가자니…… 설마, 화이트 웜홀 속으로 들어가자는 말씀이십니까?"

제갈현의 물음에 영웅이 고개를 끄덕였다.

"정답. 연 협회장, 아이템 있지?"

"네! 있습니다. 곧바로 준비해 두겠습니다."

둘의 대화를 들은 제갈현은 이게 농담이 아니라는 것을 깨달았다.

"자, 잠시만요!"

제갈현의 다급한 외침에 영웅과 연준혁이 동시에 그를 바라보았다.

"주, 준비를 하다니요? 저, 정말로 저곳에 다녀오셨다는 말입니까? 정말로?"

"그렇소. 우리 주군께서는 전 세계에서 유일하게 화이트 웜홀을 다녀오실 수 있는 분이시오."

연준혁의 설명에 제갈현은 멍한 표정으로 영웅을 바라보았다.

화이트 웜홀을 다녀온 사람이라니.

그런 사람이 존재한다는 것은 들어 보지 못한 일이었다.

솔직히 믿어야 하나 말아야 하나 고민을 살짝 하고 있던 참이었다.

"왜? 만나러 가기 싫어? 안 믿는 눈친데?"

영웅의 말에 정신이 번쩍 든 제갈현은 재빨리 영웅에게 달려가 매달렸다.

"아, 아닙니다! 미, 믿습니다! 믿고말고요! 제가 실수를 했습니다! 가, 가겠습니다! 부디 저를 데려가 주십시오!"

영웅은 자신에게 매달려서 간절하게 외치는 제갈현을 떼어 놓으며 말했다.

"알았어. 일단 이것 좀 놓고. 그럼 준비하자."

"알겠습니다!"

영웅의 몸에 매달렸을 때 제갈현은 느낄 수 있었다.

영웅의 몸에서 느껴지는 기운이 절대로 평범하지 않다는 것을 말이다.

그 기운을 느낀 제갈현은 영웅을 믿기 시작했고 이내 경외의 시선으로 바라보았다.

그는 조금씩 이해가 되었다.

왜 연준혁이 저자를 주군으로 모시고 있는지 말이다.

웜홀이 있는 곳으로 이동하면서 제갈현은 궁금했던 점을 물었다.

"그런데 제 당숙께서는 저 안에서 무엇을 하고 계신 겁니까? 이곳으로 나오실 때 같이 나올 수는 없었습니까?"

제갈현의 물음에 영웅이 그를 빤히 바라보았다.

그 표정에 제갈현이 재빨리 자신의 입을 손으로 막았다.

그리고 고개를 숙여 사과했다.

"죄, 죄송합니다. 천성이 궁금한 것을 못 참는지라……."

그런 제갈현의 대답에 영웅이 고개를 저으며 말했다.

"아니야, 괜찮아. 잠시 다른 생각을 좀 한 것뿐이야. 물론 데려올 수 있었지. 그런데 왜 내가 못 데려왔을까?"

영웅의 질문에 제갈현은 머리를 굴렸다.

지금 말하는 투로 봐서는 그렇게 막 사이가 나쁜 것 같진 않아 보였다.

그러니 이렇게 자연스럽게 만나러 가자고 하는 것이 아니겠는가.

그렇다면 영웅이 싫어서 피한 것은 아닐 것이다.

"설마……. 당숙께서 거부하신 겁니까?"

제갈현이 내린 결론은 그것이었다.

쉽게 세상에 올 수 있는데 오지 않았다는 것은 본인이 그것을 거부했다는 소리뿐이었다.

"정답."

영웅의 말에 제갈현이 황당한 표정으로 웜홀이 있는 방향을 바라보았다.

"아니, 왜? 이 세상에 가족이 있는데 왜 그러셨을까요?"

제갈현의 물음에 영웅이 답해 주었다.

"이쪽 세상에 가족이 있긴 하지만 다 친척들 아니야? 내가 듣기론 평생을 장가도 안 가고 가문을 위해서만 살았다고 하던데."

"맞습니다. 당숙께서는 가문을 위해 자신의 인생마저도 포기하고 일에 매달리셨습니다."

"그래. 그런데 무엇이 그를 저 웜홀 속 세상에 머물게 했을까?"

또 다른 질문에 제갈현은 머뭇거렸다.

왜 당숙이 웜홀 속 세상을 선택했을까?

정답은 이미 제갈현의 머릿속에 나와 있었다.

'아마도 저쪽 세상에 새로운 가족이 생기신 거겠지.'

정답을 말하자니 영원히 당숙과 이별할 것 같은 기분이 들었다.

머뭇거리는 이유를 대충 짐작한 영웅이 피식 웃으며 제갈현에게 말했다.

"언제까지 그에게 매달릴 거야. 이제 좀 편하게 살도록 내버려 둬."

영웅의 말에 제갈현은 잠시 그를 바라보다가 입술을 꾹 다물고는 고개를 끄덕였다.

그리고 목이 메어 오는 것을 간신히 참으며 한 자, 한 자 또박또박 영웅에게 말했다.

"그래도…… 꼭 한 번, 마지막이 될지라도 뵙고 싶습니다."

그런 제갈현을 보며 영웅은 미소를 지으며 고개를 끄덕였다.

화이트 웜홀 속으로 들어온 제갈현은 눈앞에 펼쳐진 세상을 보며 감탄했다.

"세상에……. 아무도 그 정체를 알지 못했던 웜홀이 이런 세상이었구나."

말로만 들었던 화이트 웜홀은 자신들이 익히 알고 있던 그런 웜홀이 아니었다.

또 다른 자신으로 몸이 뒤바뀌는 엄청난 웜홀이었던 것이다.

이제야 영웅이 왜 중국 정통 복식을 입으라고 했는지 알 수 있었다.

거기에 흔히 알고 있는 보통의 웜홀과는 달리 웜홀 자체가 보이지 않았다.

"이러니 한 번 들어가면 나올 수가 없었지……."

다시 돌아 나올 웜홀이 보이질 않는데 어찌 돌아오겠는가.

아마 자신의 당숙도 이곳에 와서 자신과 같은 생각을 했을 것이다.

"그나저나 여기서 기다리면 된다고 했는데."

영웅은 일어나자마자 추적 아이템을 활성화시키고 가만히 기다리라고 했다.

기다리는 동안 이곳이 어디인지 두리번거리며 풍경을 감

상하고 있었다.

그때 뒤에서 목소리가 들려왔다.

"신기하지?"

갑자기 들려오는 소리에 화들짝 놀라서 뒤를 돌아보니 영웅이 뒷짐을 진 채 자신이 바라보는 풍경을 같이 바라보며 말하고 있었다.

"어, 언제 오셨습니까?"

놀랐다.

나름 경계하고 있었는데 바로 지근거리까지 왔음에도 전혀 느끼지 못했다.

영웅은 제갈현의 위치를 파악하고 순간 이동으로 이곳에 온 것이지만, 그것을 알 리 없는 제갈현은 과연이라는 생각과 함께 영웅을 다시 보고 있었다.

자신을 뚫어지게 바라보는 제갈현에게 손을 내미는 영웅이었다.

"이건 무슨?"

남자가 손을 내미니 당황한 표정으로 주변을 둘러보며 경계하는 제갈현이었다.

"잡으라고. 거리가 꽤 되니까 후딱 이동하게."

"네? 네."

후딱 이동하는데 왜 손을 잡는단 말인가?

손을 잡으면 경공이 더 빨라지기라도 한다는 건가?

여러 가지 생각이 제갈현의 머릿속에서 떠올랐지만 결국 영웅의 손을 잡아야만 그 이유를 알 수 있기에 침을 꿀꺽 삼키며 잡았다.

그런 제갈현을 보며 그가 무슨 생각을 하는지 느낀 영웅이 인상을 찡그리며 말했다.

"네가 생각하는 그런 거 아니니까 긴장하지 마라. 나 기분 나빠지면 확 그냥 다시 돌아가는 수가 있다."

영웅의 말에 제갈현이 영웅의 손을 꽉 잡으며 말했다.

"죄, 죄송합니다! 지금 상황들이 하나같이 다 당황스러워서 저도 모르게 경계를 한 것 같습니다."

"쯧. 그럼 또 놀라겠네. 암튼 놀라지 마라."

"네?"

슈팍-!

그 순간 제갈현은 세상이 길게 늘어나는 것처럼 보이는 현상을 경험했다.

신기한 현상에 눈을 이리저리 돌리는데 길게 늘어났던 풍경이 다시 원상태로 돌아왔다.

풍경은 원래대로 돌아왔는데 장소는 조금 전 그 장소가 아니었다.

그의 눈앞에는 거대한 대문이 존재하고 있었다.

"여긴……?"

제갈현이 여기는 어디냐고 물으려고 하다가 현판을 보고

는 입을 다물었다.

제갈세가(諸葛世家)

현판에는 힘찬 필체로 제갈세가라고 적혀 있었다.

제갈현은 떨리는 눈으로 그 현판을 바라보고 있었다.

"여, 여긴……."

"그래. 제갈세가지. 너의 당숙은 이곳에 있다. 여기서 가정을 꾸리고 여기에 있는 제갈세가를 이렇게 강대하게 키웠지."

제갈현은 영웅의 말을 들으며 말없이 현판을 바라보았다.

이렇게 현판을 보고 있으니 무언가가 꿈틀거리는 기분을 받았다. 전혀 다른 평행세상 속에서 자신의 가문이 세상의 인정을 받고 있다는 사실에 감격하고 있었다.

물론, 현세에서도 자신의 가문은 중국에서도 알아주는 명문가였다.

하지만 오랜 세월 동안 가문에 악재가 겹쳤고 그 악재로 인해 가세가 많이 기울어진 상태였다.

그 기울어지다 못해 쓰러지기 일보 직전인 세가를 일으켜 세운 사람이 바로 제갈천이었다.

그는 정말로 잠도 줄여 가면서 노력하고 또 노력했고, 결국 협회에서 가장 중요한 인물이 되었다.

그 덕분에 무너져 가는 가문이 다시 일어설 수 있었지만, 이곳처럼 이렇게 웅장하고 멋진 모습을 되찾지는 못했다.

감상에 빠져 있는 제갈현을 보며 영웅이 미소를 짓다가 문 쪽으로 다가갔다.

영웅이 문으로 다가오자 문에 서 있던 무인이 포권을 하며 인사를 했다.

"저희 가문에 볼일이 있어서 오신 분이십니까?"

무인의 말에 영웅은 고개를 끄덕이며 품 안에서 무언가를 꺼냈다.

그것은 제갈이라는 이름이 새겨진 금패였다.

금패를 보자마자 무인이 화들짝 놀라 쩔쩔매는 모습으로 다시 포권하며 말했다.

"귀, 귀인께서 오, 오셨습니까? 모, 몰라봬서 정말로 죄, 죄송합니다."

"괜찮아. 안에 있지?"

"그, 그렇습니다. 안으로 드시지요. 여봐라! 이분을 극진히 잘 모셔!"

옆에서 이미 들은 다른 무인들이 고개를 격하게 끄덕이며 영웅과 제갈현을 정말로 극진히 안으로 안내했다.

처음 대답했던 무인은 그런 영웅을 뒤로하고 안으로 다급하게 달려 들어갔다.

엄청나게 화려한 방으로 안내를 받은 영웅과 제갈현은 자리에 앉아 시비들이 들고나온 최상급 용정차를 마시며 제갈천을 기다렸다.

"당숙과는 어떠한 사이십니까? 아까 보니 당숙의 증표를 지니고 계시던데……."

"아, 이거? 이게 제갈천의 증표였어?"

"네, 그분께서 정말로 소중히 여기시는 분께만 드리는 증표입니다."

"그래? 꼭 받아 달라고 애원을 해서 받아 두긴 했는데 뭐 중요한 증표인 것 같긴 했어."

"모르고 받으셨다고요? 그분께서는 자신이 마음을 주지 않은 자에겐 절대로 그것을 내어 주지 않으셨을 텐데요."

"모르지. 내가 말했잖아, 몇 대 쥐어박았다고. 내가 무서워서 준 것일 수도 있지. 잘 봐달라고."

제갈현은 이해가 되지 않았다.

이 둘에게 일어났었던 일들을 모르니 이러는 것이었다.

그렇게 이런저런 이야기를 하고 있을 때 문이 벌컥 열리며 누군가가 다급하게 들어왔다.

"은인!"

제갈천이 빛이 날 정도로 환한 미소를 지으며 영웅을 보자마자 달려갔다.

"도대체 이게 얼마 만입니까! 제가 은인께서 다시 오시는 날만을 얼마나 기다렸는데요! 그때 그렇게 보내 드리고 얼마나 후회했던지.”

제갈천은 자신이 하고 싶은 말이 많았는지 쉴 새도 없이 말을 쏟아 냈다.

“은인! 이번엔 절대로 그냥 못 가십니다! 제게도 은혜를 갚을 기회를 주셔야지요!”

쾌활한 표정의 제갈천, 그런 제갈천을 보며 제갈현은 믿을 수 없는 표정을 짓고 있었다.

분명히 자신이 알고 있던 당숙은 맞지만, 자신이 알고 있던 당숙과는 성격이 많이 달랐다.

자신이 알던 당숙은 저렇게 활발하지도, 밝은 표정을 짓지도 않았다.

그리고 저렇게 말이 많지도 않았다.

아무래도 얼굴만 똑같은 다른 사람이 아니냐고 생각할 정도였다.

제갈천은 한참을 떠들며 옆에 있는 사람에게는 관심조차 두지 않았다.

“나에게 관심은 그만 주고 옆 사람도 좀 보지?”

영웅의 말에 그제야 영웅의 옆에 있는 사람에게 고개를 돌리는 제갈천이었다.

제갈천은 영웅이 데려온 자이니까 최대한 밝은 미소로 그에게 인사하려 했다.

“하하! 이런 제가 실례를 범했군요. 어서 오십시……. 어?

혀, 현?"

제갈천이 놀란 눈으로 자신의 눈앞에 있는 인물을 바라보았다.

그의 눈앞에는 이곳에선 볼 수 없는 인물이 있었다.

"당숙……."

제갈현은 눈물이 고였다.

그토록 찾아 헤매던 자신의 당숙이 눈앞에 있었다.

당숙이자 아버지와 다름없었던 그를 이렇게 다시 만나니 그동안 느꼈던 마음고생이 깡그리 사라지는 기분이었다.

"혀, 현아. 저, 정말로 현이 너인 것이냐?"

제갈천 역시 믿기지 않는 표정으로 연신 제갈현을 위아래로 훑어보았다.

그런 제갈천에게 제갈현은 그동안 쌓아 두었던 원망을 쏟아 내기 시작했다.

"절 기억하긴 하시는군요! 제, 제가 당숙을……. 당숙을 얼마나 찾아 헤맸는지 아십니까? 네? 그런데 이런 곳에서 이렇게 즐겁게 지내고 계시네요."

서운함, 슬픔, 기쁨이 뒤섞인 제갈현의 목소리에 제갈천이 고개를 숙이며 사과했다.

"미안하구나."

제갈천은 변명하지 않았다.

그저 미안하다는 말을 할 뿐이었다.

그것이면 되었다.

제갈천이 가문을 위해 어찌 살아왔는지 전부 보았던 제갈현은 그가 미안해하자 고개를 저으며 말했다.

“아, 아닙니다! 당숙! 제, 제가 그냥 간만에 당숙을 뵈서 응석을 부린 것입니다. 당숙은 충분히 행복할 자격이 있으십니다. 미안하다는 말씀은 당치도 않습니다.”

제갈현이 울먹이며 오히려 자신을 위하는 말을 하니, 제갈천 역시 눈에 눈물이 고였다.

자신의 외로운 싸움을 언제나 알아주던 유일한 아이가 아니었던가.

힘들거나 지칠 때마다 옆에서 기운을 불어넣어 주던 아이가 바로 제갈현이었다.

그래서 더욱 이뻐하고 아들처럼 챙겼던 아이였다.

그 아이가 이제 자신을 찾아 이곳까지 와서 자신을 위로하며 그동안 고생했다고 말해 주고 있었다.

“크흑! 고, 고맙구나. 혀, 현아.”

둘은 결국 서로를 끌어안고 그렇게 한참 동안 눈물로 해후를 나눴다.

어느 정도 시간이 지나고 묵혀 두었던 것들을 풀었는지 개운한 표정의 제갈현이 역시나 개운한 표정을 하는 제갈천에게 말했다.

“당숙! 들었습니다. 이곳에서 가정을 꾸리셨다고요?”

"어? 그, 그건……."

"하하하! 당숙도 남자셨군요. 당숙모를 뵙고 싶네요. 우리 당숙을 구제해 주신 고마운 분이 아니십니까?"

"예끼, 이놈아! 당숙을 놀려? 이놈이 머리가 좀 컸다고."

"에이, 이래 봬도 지금 각성자 협회 군사가 바로 접니다."

"그, 그게 정말이냐? 네가 군사가 되었어? 크하하하하! 장하다! 장해! 하하하하하! 내 너를 보고 느꼈지. 우리 제갈의 미래는 바로 너라는 것을. 내 눈이 정확했구나!"

제갈천은 무엇이 그리 기쁜지 연신 웃어 댔다.

"당숙! 웃지만 마시고요. 당숙모 소개해 달라니까요?"

"하하. 오냐, 깜짝 놀랄 것이다. 세상에서 가장 아름답거든. 가자. 은인! 은인께서도 같이 가시죠."

연신 신이나 서로 떠드는 둘의 뒤를 조용히 미소를 지으며 따라나서는 영웅이었다.

"당숙! 이제 가 보겠습니다."

"오냐. 미안하다. 너에게 중임을 떠넘긴 것 같아서……."

"하하, 아닙니다. 이제 어디에 계시는지 알고 있으니 자주 찾아뵙겠습니다."

"협회의 군사직에 있으면 그럴 시간이나 있겠느냐? 언제나 가문을 먼저 생각하거라. 알겠느냐?"

"역시 당숙이십니다. 하긴, 그 모습이 제가 보고 싶었던 당숙의 모습이었습니다."

둘은 며칠 동안 서로 꼭 붙어 다니며 그동안 못 풀었던 회포를 풀었다.

현세와 시간이 다르니 조금 더 있어도 된다고 말해 주었지만 제갈현은 고개를 저었다.

"아닙니다. 가서 해야 할 일도 많고……. 협회장님도 안 계시는 마당에 제가 빨리 가야죠."

제갈현의 말에 제갈천이 놀란 표정으로 물었다.

"협회장님이 안 계신다니? 그게 무슨 말이냐? 남궁성 그 분이 왜?"

제갈천이 정말로 걱정 가득한 표정으로 묻자 제갈현이 영웅의 눈치를 살피며 말을 하지 못했다.

사실 남궁성이 처음에 반성의 뜻으로 면벽 수련에 들겠다고 했을 때, 가장 적극적으로 말린 사람이 바로 제갈현이었다.

사람이 실수를 할 수도 있는 것인데 1년이나 되는 긴 시간 동안의 면벽은 너무 과하다며 말렸었다.

그런데 이상하게도 남궁성의 표정은 반성이라기보다는, 무언가에 쫓기는 표정, 공포에 질린 표정이었다.

그는 누군가를 두려워하고 있었다.

표정만 봐도 알 수 있을 만큼.

그 모습에 이상함을 느낀 제갈현은 결국 남궁성이 면벽에 들어가는 것까지 보고는 여기저기 알아보기 시작했다.

가장 큰 틀은 아무래도 새로이 레전드가 된 한국인 둘이었으니 그들을 중심으로 알아보기 시작했다.

하지만 나오는 것이 없었다.

그것이 더 수상했다.

그러던 중에 당숙도 찾을 겸 조사도 할 겸, 겸사겸사 한국을 찾았고 우연히 영웅과 엮이면서 그의 정체를 알게 되었다.

그 순간 언제나 의문이었던 모든 수수께끼가 그의 머릿속에서 풀렸다.

남궁성의 성격상 절대로 자신이 한 일을 후회하거나 되돌리는 성격이 아니었는데도 불구하고 그가 그런 결정을 내린 이유는 바로 영웅이 원인이라는 사실을 깨달은 것이다.

그러면 말이 되었다.

레전드 등급을 두려움에 빠지게 만들 수 있는 인물.

제갈현이 생각했을 때 그가 바로 영웅이었다.

아니, 세상에 영웅밖에 없었다.

아직 영웅에게서 진실을 들은 것은 아니지만 남궁성을 면벽에 들게 한 것은 영웅이라고 생각하고 있었다.

그렇기에 이렇게 눈치를 살피고 있는 것이었다.

그런 제갈현의 모습을 본 영웅이 피식 웃으며 말했다.

"내가 좀 어루만져 주었다."

영웅의 말에 제갈천이 고개를 휙 돌려서 그를 바라보았다.

제갈현은 짐작은 했지만 직접 들으니 그래도 충격이 몰려왔다.

"아, 아니 왜?"

제갈천은 그게 궁금했다.

남궁성과 부딪칠 일이 무엇이 있단 말인가.

영웅은 남궁성과 있었던 일들을 아주 간략하게 이들에게 설명해 주었다.

영웅의 설명이 이어질수록 이들의 안색이 새파랗게 질려갔다.

"……그래서 찾아갔지. 사실 쥐어 패고도 맘에 안 들면 대륙 자체를 날려 버릴까도 생각했지."

제갈현의 안색은 새파랗다 못해 이제 시커멓게 변해 있었다.

하마터면 영문도 모르고 먼지가 될 뻔했다.

제갈천 역시 경악한 얼굴로 이를 다닥다닥 부딪치며 떨고 있었다. 과거 영웅이 보여 준 말도 안 되는 광경이 떠오른 것이다.

그것을 보고 자신이 무엇을 해도 세상에 정말로 존재하는 신을 이길 수 없다고 생각하고 모든 것을 내려놓은 기억이 생생하게 떠올랐다.

그런 자의 심기를 남궁성이 건드린 것이었다.

"그럼 협회장님이 면벽에 들어가신 것도……."

"아아, 잘못은 자신이 한 것이고 자체적으로 반성하겠으니 중국 각성자 협회는 봐달라고 읍소하더라고. 그래서 그러라고 했지. 질투에 눈이 멀어 그랬다는데 뭐…… 생각해 보니 사람이 한 번 정도는 실수도 할 수 있는 일이고. 그래서 봐줬어."

말하는 것이 동네 꼬맹이가 장난을 좀 치길래 혼내 주고 반성한다고 하니 봐줬다는 투로 이야기하고 있었다.

하지만 그것을 지적하는 자는 아무도 없었다.

영웅은 저렇게 말할 자격이 있는 자였으니까.

"하긴, 저도 깝죽대다가 은인께서 잘 어루만져 주셨지요. 덕분에 이렇게 정신 차리고 잘 살고 있습니다. 남궁성 그 친구도 정신이 번쩍 들어서 앞으로는 잘살 겁니다. 하하."

"그렇게 생각해 주면 고맙고."

둘의 대화에 제갈현이 놀란 얼굴로 제갈천을 바라보았다.

대화 내용은 저리 말하지만, 제갈천이 누구인가. 문으로 유명한 자신의 가문에서 나온 문무겸전의 천재였다.

제갈세가에서 나온 최초의 프리레전드급 무인. 하지만 그는 자신의 두뇌를 이용해서 그 위력을 더 강하게 만드는 데

집중했고, 그 덕에 능력치는 프리레전드지만 사실상 레전드급 대접을 받던 무인이었다.

그런 무인이 태연하게 누군가에게 맞았다고 말하고 있었고 그것을 또 고마워하고 있었다.

이걸 어찌 받아들여야 하는지 이해가 되지 않는 제갈현이었다.

그런 제갈현을 보며 제갈천이 웃으며 말했다.

"이해가 되지 않겠구나. 하긴, 그 당시 내 상태를 알지 못했으니……. 사실 이곳에 떨어지고 나서 여기를 벗어나려고 온갖 방법을 다 시도해 봤지. 그러다가 점차 지쳐 갔고 미치기 일보 직전이었다. 이곳의 제갈세가도 중요했지만 나에게 진짜는 바로 현세에 있는 제갈세가다. 하지만 탈출구가 보이지 않는 긴 터널 안에서는 사람이 미쳐 가더구나. 결국, 나는 그 분노를 이곳에 풀기 시작했다."

제갈천은 무림에서 있었던 일들을 제갈현에게 상세하게 이야기해 주었다.

"그때 내 정신을 차리게 해 준 이가 바로 저분이다. 나를 정신 차리게 해 주시고 또 다른 인생을 열게 해 준 그녀를 만나게 해 주셨으니 내 인생의 은인이시다. 또한, 저분은 내가 마음속으로 모시는 주군이나 다름없는 분이시다."

제갈현은 저리 말하는 제갈천을 조금은 이해할 수 있었다.

자신이라도 이런 낯선 곳에 떨어져 집으로 돌아갈 길이 없다는 것을 안다면 아마 미쳐 돌아갔을 것이다.

“그러니 저분을 대할 때는 언제나 나를 대하듯 대하거라. 알겠느냐?”

제갈천의 말에 제갈현은 고개를 끄덕였다.

그러지 않아도 그럴 예정이었다.

오히려 그에게 잘 보여야 할 판이었다.

‘세력 판도 분석이 이제 의미가 없어졌구나…….’

영웅이 있는데 세력을 늘려서 무엇을 할 것이며 분석을 해서 어쩌겠는가.

그가 분노하면 모든 게 끝인 것을.

“저도 이미 알고 있습니다. 저분이 곧 세상의 법칙이라는 것을 말입니다.”

제갈현의 말에 제갈천이 고개를 끄덕였다.

“당사자 앞에 두고 아주 낯간지럽게 뭐 하는 거야…….”

자신을 띄워 주는 걸 좋아하긴 하지만 이렇게 면전에서 대놓고 찬양하니 민망한 영웅이었다.

그런 영웅을 보며 제갈천이 크게 웃었다.

“하하하하! 이럴 때 보면 사람 같으십니다.”

“뭐야? 어영부영 나를 귀신 취급 하는 거냐?”

화를 내는 척을 하지만 그저 제갈천의 말에 맞장구쳐 주는 것이었다.

그런 영웅의 모습을 보며 살짝 안심하는 제갈현이었다.

영웅의 적이었던 사람도 저렇게 마음을 잡고 올바르게 산다면 영웅을 두려워하며 살지 않아도 되는 것 같았다.

－저분은 자신의 잘못을 반성하고 갱생한다면 더는 죄를 묻지 않는 분이시다. 그러니 부디 현명하게 잘 행동하거라.

제갈현의 마음을 눈치챘는지 전음으로 조심스럽게 이야기해 주는 제갈천이었다.

문 앞에서 한참을 대화하던 둘을 바라보던 영웅이 말했다.

“이럴 거면 그냥 여기 있다가 오라니까? 내가 말한 위치에 가서 이걸 보여 주면 통과시켜 줘. 거기에 가면 현세로 오는 웜홀이 있다고.”

“아, 아닙니다. 당숙. 인제 그만 가 보겠습니다. 다음에는 당숙모와 아이들 줄 선물도 챙겨서 오겠습니다.”

제갈현의 인사에 제갈천이 아쉬운 표정을 지으며 말했다.

“그래, 나도 생각이 나면 놀러 가마.”

둘은 서로를 꼭 안고 작별 인사를 했다.

“이제 되었습니다. 가셔도 됩니다.”

제갈현의 말에 영웅이 고개를 끄덕였고 그런 영웅에게 제갈천이 한마디 더 전했다.

“저 녀석 잘 좀 부탁드리겠습니다……. 주군.”

은인이라고 부르다가 기어이 주군이라고 부르는 제갈천이었다.

주군이라고 부르기가 너무도 죄스러워서 그동안은 은인이라고만 불렀던 것이다.

그 모습에 영웅이 피식 웃으며 말했다.

"그래, 잘 있어. 네 주군 간다."

영웅의 입에서 허락의 말까지 떨어지자 제갈천의 입가에 진한 미소가 지어졌다.

"네! 주군! 다음엔 소신이 찾아뵙겠습니다!"

인사를 하는 제갈천에게 손을 흔든 영웅은 제갈현의 손을 잡고 그 자리에서 연기처럼 사라졌다.

슈팍-!

제갈천은 순식간에 사라져 아무도 남지 않은 허공을 한참 동안 말없이 바라보았다.

"군사, 그게 무슨 말이오? 전대 군사를 찾았는데 그냥 두라니?"

중국 각성자 협회인 무림맹으로 돌아간 제갈현은 당숙을 찾았다고 사람들에게 말했다.

그런데 찾았음에도 그는 돌아오지 않을 것이라 말하니, 다들 의아해했다.

"답답하오. 말 좀 해 보시게. 못 돌아온다니? 그게 무슨 말인가? 지금 협회는 제갈천이 그 어느 때보다 필요한 걸 모르고 하는 소린가?”

사람들은 제갈현의 말에 답답했는지 연신 그에게 제갈천이 오지 못하는 이유가 무엇인지 말하라고 재촉하고 있었다.

“말씀드렸다시피 그분께서는 오실 마음이 조금도 없으십니다. 그래서 숨으신 것이고요. 지치셨답니다. 그동안 가문과 협회를 위해 쉬지도 않고 일해 왔으니 이제 좀 놔달라고 하시더군요.”

“허어……. 그곳이 어딘가? 내가 가겠네. 내가 직접 가서 설득하겠네.”

각 문파의 장문인들과 무림맹의 장로들은 애타는 모습으로 제갈현에게 말했다.

“우리 무림맹 창단 이래 가장 큰 위기일세. 이러다가 한국에게 먹힐 판인데 자네는 어찌 그렇게 천하태평인가!”

“맞네! 자네가 정말로 무림을 위한다면 이래선 안 되지!”

하나같이 제갈현을 비판하며 들고 일어나기 시작했다.

“그만! 그만하십시오!”

제갈현이 큰 소리로 외치자 다들 어이가 없는 표정으로 그를 바라보았다.

“허허. 오냐오냐해 주었더니 네놈이 진짜 뭐라도 된 줄 아는 모양이구나.”

“이래서 급하게 뽑으면 안 된다고 내 몇 번을 말했소. 에잉! 쯧쯧."

그 모습에 제갈현은 이들에게 크게 실망했다.

이들은 자신의 가문이 무림맹을 위해 그동안 한 노력은 봐주지 않았다.

그저 자신의 가문이 사라지면 본인들이 귀찮아질 것을 꺼려 했고, 또 제갈세가의 희생으로 본인들 가문의 입지를 다지는 데 급급했을 뿐이었다.

'당숙……. 틀리셨습니다. 이들은 당숙을 그저 자신들의 명예를 지켜 주는 사람으로만 생각할 뿐…….'

"좋습니다. 저와 제 당숙의 뜻이 마음에 들지 않으신다니 저희 제갈세가가 무림맹을 나가 드리겠습니다. 이번에는 부디 급하지 않게 천천히 꼼꼼하게 보시고 뛰어난 자를 군사로 채용하시길 바랍니다."

제갈현은 그 말을 남기고는 뒤도 돌아보지 않고 회장을 박차고 나갔다.

그 모습에 그곳에 있던 사람들 모두가 벙찐 표정으로 제갈현이 나간 문을 바라만 보았다.

그러다가 누군가가 분노의 목소리를 내자 다들 그것에 편승하기 시작했다.

"저런 건방진 것을 보았나! 감히! 제갈씨 따위가 이곳이 어디라고 저런 망둥이 같은 행동을 한단 말인가!"

"애초에 너무 오냐오냐해 주었던 것이 문제였소! 내가 뭐라고 하였소! 초장에 기를 잡자고 하지 않았소!"

"으드득! 제갈씨 놈들은 무림맹을 배신하였소! 한국에 다녀온 뒤로 저러는 것을 보면 한국과 손을 잡은 것이 분명하오!"

"그 말이 정답인 것 같소! 그러지 않고서야 한국에 이득이 되는 일을 이렇게 스스럼없이 할 리가 없소!"

"우리끼리라도 투표를 합시다! 어찌할 것인지!"

"그보다 먼저 군사를 뽑아야 하지 않겠소! 이번에는 사마세가에서 뽑읍시다!"

"뭐요? 우리 가문이 만만하시오? 어디 우리 가문 아이들을 희생시키려 하오? 무당에서 뽑으시오!"

이들은 갑자기 자신의 가문에서는 절대로 군사직을 내지 않겠다며 싸우기 시작했다.

중국 각성자 협회는 영웅이 별다른 조치를 취하지 않았음에도 자기들끼리 알아서 반목하고 견제하며 서서히 몰락해 가기 시작했다.

시간은 흘러 다시 또 한 해가 바뀌었고 영웅은 난감한 표정으로 아버지 강백현 앞에 서 있었다.

"이제 졸업도 했고 회사 일을 시작해야지. 대학 다니는 동안 자유를 실컷 주었으니 불만은 없을 것이라 믿는다."

꼼짝없이 취업을 하게 생긴 것이다.

'하아, 이제 어쩔 수 없나?'

자신이 뭐가 부족해서 일을 해야 한단 말인가.

평생이 아니라 대대손손 펑펑 사용해도 남을 정도의 자산을 가진 이가 바로 자신이 아닌가.

하지만 일을 하라고 말하는 이는 바로 자신의 아버지였다.

어쩔 수 없는 일이었다.

자신의 자산을 이야기하면 또 이야기가 길어질 것이고 의심을 받을 것이다.

거기에 어렵게 다시 찾은 부모님이 아닌가.

영웅은 결국 속으로 한숨을 쉬며 고개를 끄덕였다.

"대신 제가 직접 입사 시험을 치고 들어가겠습니다."

"뭐?"

그 말에 강백현과 어머니 권혜영이 깜짝 놀란 얼굴로 동시에 영웅을 바라보았다.

"그게 무슨 소리니?"

"그래. 왜? 사람들이 낙하산 인사라고 손가락질할까 봐 그런 것이냐?"

둘의 물음에 영웅이 웃으며 말했다.

"아니에요. 그냥 경험해 보고 싶었습니다. 그리고 당당하게 똑같은 기준으로 입사를 하면 남들도 저를 조금 더 인정해 주지 않을까요?"

영웅의 말에 강백현은 잠시 멍한 표정을 짓다가 이내 환하게 웃으며 대견스럽다는 표정으로 그에게 다가가 어깨를 쓰다듬으며 말했다.

"하하하하! 우리 아들! 장하다! 장해! 다른 집 자식들은 더 좋은 곳에 배정 안 해 줬다고 난리를 친다던데, 하하하! 우리 아들은 이런 생각을 하고 있다니. 하하하하."

"아니, 그래도 너는 그냥 들어갈 수 있는데 네가 시험을 보면 누군가 한 명은 떨어져야 하는 것이 아니니."

권혜영의 말에 강백현이 대답했다.

"그건 한 명 더 늘리라고 하면 되지. 아니다! 우리 아들이 이렇게 기특한 생각을 했는데 한 명만 늘리는 건 말이 안 되지. 모집 인원 10% 더 증원이다! 이제 누군가가 피해를 보는 것이 아니라 우리 아들 덕에 수십 명이 덕을 보겠구나. 하하하!"

"여보, 그렇게 맘대로 인원을 늘려도 괜찮은 거예요?"

"뭐 어때? 내가 하라면 하는 거지. 우리 회사가 구멍가게도 아니고 그 정도는 괜찮아. 그리고 작년 대격변에 나온 웜홀들 중에서 괜찮은 웜홀들로 배정받아서 올해부터는 더 바빠질 거야."

대격변에 생긴 수많은 웜홀은 각성자 협회에서 모조리 파악한 뒤에 일정 금액을 받고 국내 기업들에 개방해 준다.

물론, 웜홀에도 등급이 있고 좋은 등급은 정해져 있으므로 배정받는 것이 하늘의 별 따기 수준이었다.

하지만 각성자 협회 협회장의 주군이 바로 영웅이었다.

당연히 천강 그룹에 최상의 웜홀들로 배정해 주었다. 지금 말은 괜찮은 웜홀이라고 말하고 있지만, 천강에 배정된 웜홀은 천강이 지금까지 한 번도 가져 보지 못했던 최상급 웜홀이었다.

저 웜홀들이 천강에 배정되었을 때 강백현은 만세를 부르며 기쁨을 주체 못 하고 회장실을 마구 뛰어다녔다.

이 모든 것이 영웅 덕이라는 것을 알 리 없는 강백현은 이제 회사에 대운이 들었다며 이 사실을 온 가족에게 웃으며 전했다.

대충 어찌 된 일인지 짐작한 영웅은 연준혁에게 고맙다는 인사를 전했다.

아무튼, 영웅의 말에 기분이 좋아진 강백현은 당장 전화를 걸어 이번에 신입 사원 공채를 10% 더 늘리라고 지시했다.

인사팀에게는 회사에 대운이 들어왔으니 더 늘려도 된다고 설명하고 끊었다.

"이제 되었다. 우리 아들 꼭 붙길 바란다."

"호호, 우리 영웅이 성적이면 충분하죠. 안 그러니?"

권혜영의 눈에는 영웅에 대한 믿음이 가득했다.

처음 이 세상에 왔을 때와는 180도 달라진 풍경이었다.

"그나저나 요즘 한 비서는 통 보이질 않는구나? 혹시……, 내쫓았니?"

권혜영이 주변을 두리번거리며 묻자 영웅이 고개를 흔들며 말했다.

"아, 저 대신 뭘 좀 하느라고요. 쫓아내다니요. 절대 그럴 일 없습니다. 얼마나 일을 잘하는데요."

"하긴, 한 비서 아니었으면 우리는 정말 널 포기했을지도 몰라. 그러니 잘해 줘. 어찌 보면 너에게는 은인이나 다름이 없다."

"하하, 네. 잘 알고 있습니다."

한 비서는 더는 비서가 아니었다.

그는 어엿한 한 회사의 사장이었고 지금도 끊임없이 확장해 나가고 있었다.

그는 의외로 사업에 엄청난 재능이 있었다.

영웅이 무언가를 주면 그것을 단순히 투자하는 데 그치지 않고 더 발전시켜 이것과 시너지 효과를 줄 무언가까지 같이 투자하며 더욱더 키워 나갔다.

현재 한지우 비서, 이제 사장이 된 그는 전 세계 금융과 주식시장을 좌지우지하고 있었고, 그 일로 정신없이 바쁜 하루하루를 보내고 있었다.

다만 전면에 나서지 않았고 자신의 본명으로 활동하는 것이 아니었기에 그에 대한 가명은 알고 있지만, 그가 한지우라는 사실은 짐작도 못 하고 있는 강백현이었다.

영웅의 아래에는 이런 식으로 각자 맡은 회사를 열심히 성장시켜 나가고 있는 수하들이 여럿 있었다.

사실 영웅 자신이 직접 운영하고 키우는 것은 귀찮은 일이었기에 정말로 자신이 다 해야 한다고 했다면 그냥 생각만 하고 말았을 것이다.

굳이 저렇게 회사를 만들고 하지 않아도 가진 재산만으로도 풍족하게 살 수 있으니까.

하지만 이곳에 온 뒤로 자신을 따르는 수하들이 하나둘씩 늘어났고, 그들에게 일을 맡겼는데 아주 뛰어나게 그것을 잘해 내고 있었다.

영웅은 일단 아버지가 원하는 대로 해 드리기로 마음을 먹었고 취업 준비를 시작했다.

"224번, 225번, 226번 들어오세요."

천강 그룹 면접장에 번호를 호명하는 소리가 울려 퍼졌다.

영웅은 서류 심사를 아주 당당하게 통과하고 최종 면접을 기다리고 있었고, 이제 영웅의 차례였다.

서류 심사에서 자신이 강백현의 아들인 것을 들킬 뻔했지만, 아더가 그 종이에 환상 마법을 걸어 두었기에 서류를 본 사람들은 그것을 전혀 인지하지 못하고 넘어가 버렸다.

심사가 진행되고 있는 방 안으로 들어간 영웅은 깜짝 놀랐다.

그곳에는 자신의 형 강영민이 맨 구석에 앉아 있었기 때문이었다. 천강전자 부사장이자 가장 유력한 차기 천강 그룹 회장 후보였다.

그런 그였기에 이런 자리에 참석할 위치가 아니었다.

어쩐지 오랜 시간이 지났음에도 면접관들의 모습이 군기 바짝 든 군인들 같더니 다 이유가 있었다.

한편, 아무 생각 없이 새로 들어온 사람들을 보기 위해 고개를 든 강영민은 영웅을 보고 눈이 동그랗게 떠졌다.

누가 봐도 자신을 보고 엄청나게 놀란 표정이었다.

그런 표정을 보지 못했는지 면접관들이 면접을 시작하였다.

영웅은 면접관들의 질문에 충실히 대답했고 자신감 있는 표정을 면접 보는 내내 유지했다.

그러던 중 면접관 중 한 명이 영웅에게 물었다.

"그런데 왜 가족 사항은 적지 않았습니까?"

"이번부터는 적지 않아도 된다고 공지가 되어 있었습니다. 그래서 적지 않았습니다."

"가족을 숨기고 싶으신 겁니까? 아니면, 가족 중에 알려져서는 안 될 사람이라도 있습니까?"

"그런 건 아닙니다. 굳이 가족까지 적을 필요성을 느끼지 못했기에 적지 않았습니다. 그리고 올해부터는 적지 않아도 된다고 분명히 명시되어 있습니다."

"허허, 이 사람. 아무리 그래도 그걸 그대로 믿으면 어찌 합니까? 공지에 그리 나와 있어도 성심성의껏 적어서 넣었어야지요."

면접관의 말에 영웅이 아닌 구석에 있던 강영민의 얼굴이 찡그러졌다.

자신들 부사장의 인상이 구겨진 것도 모른 채 면접관들은 하이에나처럼 영웅만 공격하고 있었다.

이력서에 적혀 있는 것, 자기소개서에 적혀 있는 것 하나 하나에 꼬투리를 잡고 물고 늘어지고 있었다.

그들은 처음부터 영웅이 마음에 들지 않았다.

그냥 이유 없이 싫다고 해야 하나?

자신들도 모르게 오너 일가에 대한 반감 심리가 발동한 것인지도 모르겠다.

다만, 오너 일가임을 모르고 있으니 그것을 그냥 주는 것 없이 미운 인간으로 특정 지었을 뿐이다.

"되었습니다. 인제 그만 나가 보셔도 됩니다."

면접이 끝나고 영웅을 포함한 인원들이 모두 나가자 그제야 면접관들이 대화를 나누기 시작했다.

"저는 강영웅 씨 빼고 다 좋습니다."

"저도 그렇습니다. 강영웅 씨는 왠지 다른 이들과 트러블을 많이 일으킬 것 같더군요."

"맞습니다. 저런 사람은 직장이 아니라 자기 사업을 해야 하는 부류지요. 너무 개성이 강해요."

다들 영웅을 탈락시키는 것으로 의견을 모으고 있었다.

그 모습을 보고 있자니 점점 짜증이 샘솟기 시작한 강영민이 나직하게 한숨을 쉬고 조용히 면접관들에게 말했다.

"제가 한마디 해도 되겠습니까?"

그때까지 한마디도 하지 않고 그저 지켜만 보던 강영민이 입을 열자 다들 화들짝 놀라며 고개를 숙였다.

5장

강영민은 2백 명이 넘게 면접을 보는 동안 면접관들이 하는 행동에 그 어떤 제지도 하지 않고 그저 지켜만 보았었다. 이에 어느 정도 적응이 된 사람들이었다.

그래서 이번에도 쭉 하던 대로 했는데 처음으로 강영민이 입을 연 것이다.

"무, 물론입니다. 부사장님!"

"저는 합격시켰으면 하는데요."

"네?"

"방금 마음에 안 든다고 하셨는데, 가족 사항을 적지 않아도 된다는 그 내용 말입니다. 제 아버지, 그러니까 회장님이 직접 내리신 내용 아닙니까? 그런데 그것을 가지고 왈가왈

부하면 제가 기분이 어떻겠습니까?"

말하다 보니 짜증이 났는지 살짝 언성이 올라간 강영민이었다.

보통 이런 상황이 되면 자신의 상사와 면접자의 이름이 비슷하다는 것을 인지하고 의심할 텐데, 이미 이들은 환상 마법에 걸린 상태였기에 그것을 인지하지 못하고 있었다.

강영민은 서류를 보지 않아 환상 마법에 걸리지 않았기에 대번에 영웅을 알아본 것이다.

"죄, 죄송합니다! 저, 저는 하, 합격에 찬성합니다."

"저, 저 역시 차, 찬성입니다."

"저는 원래 찬성이었습니다!"

순식간에 태도를 전환하는 이들을 보면서 강영민은 짜증이 더 솟구쳤지만, 앞으로 남은 면접도 많이 남았고 괜히 이들을 주눅 들게 하면 일에 차질도 생길 것 같아 초인적인 인내심으로 참았다.

"하아, 일단 그자는 합격 처리하시고요. 저는 그만 나가 보겠습니다. 아무래도 제가 있으면 더 불편할 테니."

"아, 아닙니다! 저희는 괜찮습니다!"

"그렇습니다!"

다들 두려운 눈빛으로 강영민을 바라보며 애원하고 있었다.

왜 저러는지 잘 아는 강영민은 한숨을 쉬며 말했다.

일단은 면접이 무사히 끝나야 하니 잘 타이르기로 했다.

"제가 지루해서 그럽니다. 오히려 제가 사과해야죠. 저 때문에 제대로 쉬지도 못하고 면접을 진행하고 계시지 않습니까."

강영민이 다른 이유라는 말과 함께 자신들의 노고를 위로하자 그제야 표정이 풀어지는 이들이었다.

"아, 알겠습니다. 부사장님."

모두 일어나 인사하는 면접관들의 인사를 대충 받아 주고 서둘러 나와 영웅을 쫓아갔다.

회사에서 알은척을 하면 안 되니 다급하게 전화기를 꺼내 들고 전화를 걸었다.

"야, 너 어디야."

-지금? 밖에 나왔지.

"너 인마, 이게 무슨 짓이야? 어?"

-어? 아버지가 형한테 전달 안 하셨어? 나는 전달한 줄 알았는데.

"무슨 전달?"

-이상하네? 전달을 왜 안 하셨지? 내가 아버지한테 그랬거든. 당당하게 면접 보고 회사 입사하겠다고. 그래서 가족 사항 안 적어도 된다고 지시 내리셨잖아.

"그게 그 이유였냐? 갑자기 뜬금없이 그런 지시를 하시길래 뭔 소린가 했더니."

-오늘 나도 놀랐어. 형이 거기에 앉아 있을 거라곤 생각도 못 했는데, 엄청나게 당황했네.

"암튼 너 합격이다."

-……형이 힘쓴 거지?

"아니라고는 말 못 하겠다. 동생이라서가 아니라 너 정도라면 인재니까 당연히 합격시키는 것이 맞고."

-하아, 처음부터 계획에 차질이 생겼네. 그래도 어찌 되었든 합격은 합격이니…….

"녀석, 천강전자에 입사한 것을 축하한다. 앞으로 열심히 해 봐라. 누가 건들면 이 형한테 언제든지 말해. 내 동생 건드리는 놈은 아주 그냥 가만 안 둘 테니까."

강영민의 말에 영웅은 잠시 말이 없었다.

"야! 여보세요? 왜 대답이 없어?"

-……형, 고마워. 형이 그런 소리 해 주니까 기분이 좋아서 잠시 말문이 막혔었어.

영웅의 말에 강영민은 자신의 가슴이 턱 하니 막히는 느낌이 들었다.

생각해 보니 그동안 동생에게 따뜻한 말 한마디 건넨 기억이 없었다.

이런 사소한 일에 감동하는 동생의 목소리에, 미안함이 그의 마음을 괴롭혔다.

동생이 힘들어할 때마다 그것도 못 견디느냐고 오히려 화를 냈었던 것 같았다.

자신이 따뜻하게 손을 내밀었다면 동생이 그렇게 방황하며 살았을까?

어쩌면 동생은 자신이 손을 내밀어 주길 간절히 바랐을지도 모른다는 기분이 들었다.

그런 생각이 들자, 영웅에 대한 미안한 마음이 점점 더 커졌다.

—형? 여보세요?

"……새끼. 다시 말하마. 네 뒤엔 언제나 이 형이 있으니까…… 괴롭히거나 못살게 구는 놈 있으면 언제든지 말해. 부사장실로 달려오든 전화를 하든 말이야. 알았냐?"

—하하, 알았어. 누가 괴롭히면 바로 형한테 달려갈게.

"그래. 꼭 그래야 한다."

—응! 고마워, 형!

통화를 끊고 한참 동안을 전화기를 바라보며 서 있던 강영민은 자신의 집무실로 들어가 또 다른 형제인 강영재와 강영혜에게 동시에 전화했다.

"야! 이제 막내 괴롭히면 아주 나한테 혼날 줄 알아!"

—뭐야? 갑자기 뜬금없이?

—뭔 소리야? 갑자기 전화해서?

스피커 폰으로 들려오는 둘의 목소리는 황당함이 묻어 있었다.

“그렇게들 알고 막내 잘 챙겨라. 오늘 우리 회사 면접 보러 왔더라.”

—뭐를 보러 갔다고? 천강전자에? 막내가?

—영웅이가 거기에 왜 면접을 보러 가? 아버지가 어련히 알아서 자리를 만들어 줄 텐데.

“말하는 것을 보니 아버지 허락받고 면접 보러 온 것 같던데. 뭐가 되었든 우리 막내 이제 다 큰 거 같더라. 그러니까 너희도 이제 막내한테 살갑게 좀 대하고 그래.”

—뭔 일 있었어? 갑자기 형답지 않게 왜 이래?

—맞아. 오빠 진짜 왜 그래?

둘의 반응에 강영민이 자기 생각을 둘에게 이야기했다.

영민의 말을 한참 동안 듣던 둘은 잠시 말이 없다가 한마디씩 하고 전화를 끊었다.

—……알았어.

—……나도.

별다른 이야기 없이 끊었지만 둘의 목소리를 들은 강영민은 저들이 왜 저리 다급하게 끊은 것인지 대충 짐작이 갔다.

자신도 아까 영웅과 통화하던 중에 울컥해서 전화를 끊을 뻔했으니까.

이제 진짜로 가족이 하나가 된 것 같아 환한 미소를 지으며 자신의 업무를 시작하는 강영민이었다.

“강영웅 씨! 도대체 뭐 하는 겁니까? 예?”
누군가가 영웅을 향해 고함을 지르고 있었다.
그런 누군가에게 영웅이 조곤조곤 이야기했다.
“부장님, 제가 무슨 잘못을 했는지 구체적으로 말씀을 좀 해 주셨으면 좋겠습니다.”
영웅에게 고함을 지르고 있는 사람은 바로 영웅이 속해 있는 부의 부장이었다.
“무슨 잘못? 하! 무슨 잘못? 아니 지금 그걸 정말 몰라서 묻는 겁니까? 어? 몰라서 묻는 거냐고!”
말이 점점 짧아지기 시작하더니 이내 반말로 변해 버렸다.
“여기 전부 다 남아서 일하는 거 안 보여? 어? 인턴 새끼가 도대체 무슨 깡이야? 어? 너 여기 합격하기 싫냐? 엉? 천강이 아주 우습고 그래?”
“천강을 우습게 본 적도 없고 제가 맡은 바 업무는 전부 끝냈습니다. 그것도 부족해서 다른 분들이 도와달라고 하신 업무까지 완벽하게 끝냈습니다. 저는 제 할 일을 충분히 다 했다고 생각합니다.”
“뭐? 이거 아주 꼴통이네. 회사 일에 끝이 어디 있어!”
부장이 허리에 한 손을 올리고 한 손으로 삿대질을 하기 시작했다.

그런 부장의 뒤로 퇴근하는 직원들과 다른 인턴들의 모습이 보였다.

"그럼 저기 집에 가시는 저분들은 뭡니까?"

"뭐? 뭡니까? 내가 네 친구냐?"

영웅의 질문에는 답도 안 하고 다른 것으로 말꼬리를 물고 늘어지며 계속 이렇게 시간을 보내고 있었다.

요 며칠 동안 영웅에게만 계속 이런 식으로 쏘아 대고 있었다.

이건 아무리 봐도 미운털이 박혔다고밖에 생각이 들지 않았다.

'뭐지? 아무래도 나 미운털이 박힌 듯한데. 이유가 뭐야?'

아무리 생각해도 자신이 잘못한 것은 없었다.

이쯤 되면 기분이 나빠서라도 분노를 토해 낼 법도 했지만, 영웅에게는 그 어떤 타격도 들어가지 않았다.

하룻강아지가 아무리 짖어도 백두산 호랑이가 겁을 먹지 않는 이치랑 같은 것이었다.

한쪽 귀로 들려오는 부장의 말을 다른 쪽 귀로 가뿐히 통과시키면서 속으로 생각을 하고 있었다.

하지만 아무리 생각해도 이유를 알 수가 없었다.

자신이 천강 그룹 회장의 아들이고 이곳 천강전자 부사장의 동생인 것을 아는 것 같진 않았다.

알았다면 저리 행동하진 않았겠지.

부장이 영웅에게 이러는 것은 역시나 이유가 있었다. 자신의 상사에게서 지시가 내려온 것이다.

바로 영웅을 최대한 괴롭혀서 빠른 시간 내에 그를 내치라는 것이었다.

영웅이 지쳐서 직접 나가게 만들라는 명령을 받았기에 부장이 이러고 있는 것이었다.

부장은 다른 직원들에게도 미리 양해를 구해 두었다.

그런데 부장의 눈으로 본 영웅은 강적이었다.

강적 정도가 아니라 꿈쩍도 하지 않는 태산 같았다.

아무리 어려운 일을 시켜도 말끔하게 해냈고 아무리 갈궈도 태생이 긍정적인 인간인지 그저 웃고 있었다.

욕을 하고 고함을 지르고 별짓을 다 해도 통하지 않았다.

부장의 말에 다른 직원들과 인턴들 역시 영웅과 대화조차 하지 않았다.

괜히 찍혀서 회사 생활을 괴롭게 하고 싶진 않았기 때문이었다.

또한, 부장의 상사가 이런 명령을 내린 이유는 자존심이 상해서였다.

부장의 상사가 바로 영웅을 면접한 면접관이었다.

그는 영웅 때문에 부사장에게 한 소리 들은 것이 너무도 분했다.

어차피 부사장은 저런 인턴 따위에게 신경 쓰지 않을 것이다. 그저 그 당시에 자신들의 대화가 부사장의 심기를 건드렸기 때문에 부사장이 심통을 부려 저자가 합격한 것이라 생각했다.

부장의 상사는 부사장이 아마 그 일을 기억도 못 하리라 짐작했다.

그렇게 확신하고 자신의 라인에 있는 부장에게 그를 내치라고 명령을 내린 것이다.

부장은 영웅 때문에 기분이 상했다는 전무의 말에 어서 이 자를 내쫓고 상사에게 잘 보이겠다는 일념으로 지금 이렇게 영웅을 갈구고 있었다.

자신이 면접장을 나간 후에 형이 심통을 부려 떨어질 뻔한 자신이 합격했다는 것을 알 리가 없는 영웅은 아무리 생각해도 이유를 모르는 것이 당연했다.

그렇게 생각을 하는 동안에도 부장은 지치지도 않는지 연신 떠들어 댔다.

그때 영웅이 손을 들어 부장의 말을 멈추게 했다.

"뭔가?"

혹시라도 '내가 진짜 더러워서 회사 때려치우겠다'라는 소리가 나올까 하는 기대를 안고 영웅의 입이 열리길 기다리는 부장이었다.

하지만 영웅의 입에서 나온 말은 그런 부장의 기대를 산산이 조각내 버렸다.

"흥분을 가라앉히시고요. 지금 이러시는 것 또한 업무의 연장입니다. 더 하실 말씀이 있으면 내일 다시 이야기해 주시기 바랍니다. 그럼 전 이만."

그리 말하고는 꾸벅 인사를 하고 부장을 뒤로한 채 유유히 사라지는 영웅이었다.

그 모습에 어이가 없었는지 어버버 하면서 영웅이 사라진 방향을 한참 동안 바라보는 부장이었다.

살면서 저런 인간은 처음 만났기에 이렇게 당황할 수밖에 없었다.

정신적인 충격 속에서 간신히 벗어난 부장이 중얼거렸다.

"저거 완전 강적이네. 와……. 보통의 방법으로는 어림도 없겠다."

고개를 절레절레 흔들며 자신의 자리로 돌아가는 부장은 무언가를 결심한 표정이었다.

다음 날, 출근한 영웅은 곧바로 부장에게 불려 갔다.

그런 영웅을 보며 사람들은 혀를 차며 속닥거렸다.

"어휴, 저 정도면 그냥 때려치우는 것이 정신 건강에 좋은 거 아냐?"

"저 인턴도 정말 독하다, 독해. 아무리 우리 회사 인턴은 형식상이고 무조건 정식 직원이 되는 시스템이라지만 그래도 저렇게 대놓고 나대는 꼴이 별로야."

"그나저나 부장님한테 제대로 찍힌 모양인데 정직원이 돼도 회사 생활을 제대로 할 수 있을까 모르겠네."

"저 정도 멘탈이면 아마 다니긴 할 것 같은데 덕분에 우리만 저 둘 눈치 보게 생겼어."

그들의 속닥거림은 영웅의 귀에 그대로 들어가고 있었다.

'역시 부장에게 찍힌 것이 맞았군. 이유가 뭘까?'

아무리 생각해 봐도 알 수가 없었다.

일단은 원인을 알려면 부딪쳐 보자는 생각에 부장실 문을 열고 들어가 정중하게 인사를 했다.

"안녕하십니까! 좋은 아침입니다!"

영웅의 인사에 부장이 찡그린 얼굴로 영웅의 인사를 비꼬며 받았다.

"좋지 못하네! 누구 때문에."

그리 말하며 무언가를 가리키며 영웅에게 말했다.

"우리 강영웅 씨가 그렇게 일을 잘하시니 내가 원 없이 드리지요. 그거 오늘 안에 다 하고 퇴근해."

부장이 가리킨 방향을 바라보니 그곳에 산더미같이 쌓여 있는 서류들이 있었다.

영웅은 무덤덤한 표정으로 고개를 끄덕이고는 그 서류 더미를 들고는 말했다.

"알겠습니다."

부장은 별 반응 없이 나가는 영웅을 보며 짜증을 내며 중얼거렸다.

"빌어먹을! 저것을 보고도 아무렇지 않은 표정을 짓는다고? 오냐! 이번에는 어찌하나 두고 보자."

이글거리는 눈으로 영웅이 나간 문을 뚫어지게 바라보는 부장이었다.

처음에는 상사의 명령 때문에 어쩔 수 없이 영웅을 괴롭혔지만, 이제는 진심으로 영웅을 탐탁지 않게 여기는 부장이었다.

한편, 서류 더미를 잔뜩 들고 나온 영웅은 자신의 자리로 조용히 이동한 뒤에 자리에 앉아서 잔뜩 쌓여 있는 서류들을 바라보았다.

수백 장에 가까운 서류는 영웅의 초신안 투시로 순식간에 읽혔고 그의 뛰어난 머릿속에서 한 치의 오차도 없이 정리되고 있었다.

하지만 그것을 바라보는 사람들은 오해했다.

영웅이 저 서류 더미를 보고 한숨을 쉬며 좌절하고 있다고 말이다.

그렇게 한참을 서류만 노려보더니 컴퓨터를 켜고 손을 움직이기 시작했다.

타탁 탁탁탁-!

경쾌한 타자 소리가 울리기 시작하더니 이내 엄청나게 빠른 속도로 울리기 시작했다.

타다다다다다다다다다―!

그 소리에 놀란 사람들은 영웅이 분노에 타자를 마구 쳐대고 있다고 생각했다.

그래서 살짝 훔쳐봤는데 컴퓨터 화면에 글씨들이 말도 안 되는 속도로 채워지고 있었다.

심지어 모니터에 출력되는 글씨가 타자 속도를 따라가지 못하고 있을 정도였다.

타자 치는 소리가 잠시 멈추면 프린터 소리가 들리기 시작했고 다시 타자 소리, 프린터 소리, 타자 소리가 반복되었다.

그동안 영웅은 눈도 깜박이지 않고 표정 변화나 미동도 없이 손가락만 움직이고 있었다.

타자 치는 로봇을 앉혀 놓은 착각마저 들었다.

"뭐야, 저 괴물은?"

"살다 살다……. 타자를 저렇게 빨리 치는 인간은 처음 보네."

"저거 봐요. 부장님이 주신 서류들을 순식간에 처리하고 있어요."

"저거 정말로 제대로 처리하고 있는 거 맞아? 아니, 그냥 마구 넘기면서 하고 있잖아."

"모르지. '그냥 될 대로 돼라' 하고 그냥 내키는 대로 써 대고 있는지."

한참을 신기한 듯이 바라보다가 시간이 지나자 관심이 떨어졌는지 이내 사람들은 관심을 끊고 자기 일을 하기 시작했다.

그렇게 그날은 하루 종일 영웅의 타자 소리가 사무실을 가득 메웠다.

퇴근 시간이 다가오자 부장이 입가에 미소를 머금은 채 모습을 드러냈다.

그는 다른 직원들이 뭘 하던 관심이 없었다.

오로지 영웅만이 관심사였다.

부장이 만면에 미소를 띤 것은 영웅이 일을 다 못 끝냈을 것이라 확신했기 때문이다.

그 일을 다 끝내기 전까지는 절대 퇴근을 시켜 주지 않을 생각이었다.

자신이 준 양은 과장급이 와도 일주일 동안은 밤샘해야 끝낼 수 있는 양이었다.

그런 일을 인턴이 어찌 다 하겠는가.

부장은 그런 생각을 하며 영웅이 있는 곳을 향해 걸어갔다.

그런데 영웅이 벌떡 일어나더니 옷을 주섬주섬 입는 것이 아닌가.

그 모습을 본 부장이 '요놈 이번엔 제대로 걸렸다'라고 생각하며 영웅을 향해 성큼성큼 걸어갔다.

"이봐, 강영웅 씨. 옷을 왜 입어?"

"아, 부장님. 일을 다 마쳤으니 부장님께 보고하고 퇴근하려고요."

"뭐? 하! 지금 나랑 장난해? 일을 다 했다고?"

"그렇습니다. 다 마치고 막 부장님께 서류들을 전해 드리고 퇴근하려고 했습니다."

그리고 자신의 책상 위에 있는 종이들을 가리켰다.

한 치의 오차도 없이 이제 막 기계에서 나온 모양처럼 완벽한 각으로 쌓여 있는 종이를 보며 부장은 기가 막혔다.

새로운 A4용지를 뜯어서 조심스럽게 둔다고 해도 저런 각이 나오진 않을 것이다.

문제는 저것을 가지고 태클을 걸려면 자신이 검토해야 한다는 사실이었다.

그 말은 역으로 자신이 야근해야 한다는 소리기도 했다.

부장은 믿을 수가 없어서 몇 장을 들어 살펴보았다.

"이, 이럴 수가……."

살짝 본 종이에는 완벽하게 정리된 내용의 보고서들이 있었다.

아무리 삐뚤어진 시선으로 잘못된 것을 찾으려 해도 찾을 수가 없을 정도로 완벽한 보고서였다.

"검토하시고 이상이 있는 부분은 다시 말씀해 주십시오."

"어? 그, 그게……."

부장은 연신 영웅과 잔뜩 쌓여 있는 서류들을 번갈아 보며 말을 잇지 못했다.

그 장면은 사무실에 있는 모든 사람이 보았고 그들 역시 부장과 똑같은 반응이었다.

"지, 진짜가 봐. 부장님이 아무 말도 못 하시잖아."

"맙소사. 그럼 진짜로 저걸 다 처리했다고? 그게 가능해?"

"미친, 그게 가능하면 저놈은 진짜 샐러리맨의 전설이다. 전설!"

다들 말도 안 된다는 표정으로 그것을 바라보고 있었다.

부장은 주변의 시선을 의식했는지 잠시 헛기침을 하고는 영웅에게 말했다.

"그, 그 서류들을 좀 들고 내, 내 방으로 오게."

부장의 말에 영웅은 고개를 저었다.

"저는 부장님이 맡기신 일을 전부 처리했고 그것을 검토하시는 것은 부장님의 일입니다. 그럼 내일 뵙겠습니다."

그리 말하고 영웅은 아무렇지도 않게 자신의 짐을 챙겨 유유히 사무실을 빠져나갔다.

사람들은 영웅이 나가는 시각을 보기 위해 시계를 바라보니 정확하게 6시를 가리키고 있었다.

그야말로 조금의 낭비도 없이 칼퇴근하고 있었다.

"와! 저 정도면 진짜 눈치가 아예 없는 거 아니냐?"

“그러게. 저건 100% 정직원 못 되겠네.”

사무실에 남은 직원들이 웅성거리며 부장의 눈치를 살폈다.

부장의 얼굴이 빨갛게 변한 채 부들거리고 있었다.

“뭘 봐! 내가 이거 다 검토할 때까지 한 명도 집에 못 가! 알았어?”

쾅–!

그러고는 자신의 책상으로 가 그 서류들을 세차게 내려놓는 부장이었다.

사무실에 남은 직원들은 똥 씹은 표정을 지으며 각자 자신의 자리에 앉았다.

이런 난리를 치고 퇴근한 인턴에게 복수를 다짐하며 말이다.

“도대체 저한테 왜 이러시는 겁니까? 네? 이유나 좀 알자고요.”

요 며칠 동안 계속되는 부장의 히스테리에 결국 영웅이 폭발하고 말았다.

이제는 별것도 아닌 것으로 시비를 걸고 밥도 못 먹으러 가게 막고 있었다.

전 직원이 식사하러 가고 텅 비어 있는 사무실에는 둘밖에 없었다.

"뭐가 문제입니까? 우리 대화로 풀어 보죠."

영웅은 대화를 시도했다.

하지만 부장은 그것을 거부했다.

"내가 자네 상사니까 닥치고 말 들어. 자네는 남아서 이 일을 좀 끝내게. 급한 일이니, 이것부터 하고 식사하게. 그럴 수 있지?"

"그럴 수 없습니다."

"그럼 회사 때려치우든가."

"때려치우라고요? 이 회사를요?"

"그래! 일하기 싫으면 나가야지! 안 그래?"

"저 여기서 나가면 부장님이 곤란해지는데요? 정말 그래도 되겠습니까?"

"내가 곤란한 일이 뭐가 있어? 내 걱정 하지 말고 일하기 싫다면 나가!"

영웅은 조곤조곤 얘기하고 부장은 연신 고성을 지르고 있었다.

그때 사무실 문이 열리며 누군가가 들어왔다.

"여긴 왜 이렇게 시끄러워?"

사무실 문을 열고 들어오며 귀를 후비는 남자를 본 부장은 화들짝 놀라며 재빨리 달려가 고개를 90도로 숙이고 큰 소리로 인사를 했다.

“부, 부사장님! 오셨습니까!”

“왜 이렇게 시끄럽습니까?”

“죄, 죄송합니다! 새, 새로운 인턴 교육을 좀 한다고 그만. 시, 시정하겠습니다!”

사무실 문을 열고 들어온 사람은 바로 천강전자의 부사장 강영민이었다.

영웅이 잘하고 있는지 살짝 보기 위해 몰래 왔는데 안에서 시끄러운 소리가 들려 무슨 일인가 싶어 살짝 들여다보았다.

그런데 자신의 동생이 부장에게 엄청나게 깨지고 있는 것이 아닌가.

순간 울컥한 강영민이 문을 벌컥 열고 들어간 것이다.

강영민은 영웅을 아무 말 없이 바라보았다.

“저 인턴이 무슨 잘못을 했습니까?”

강영민의 질문에 부장은 그동안 영웅이 했던 일들을 자신에게 유리하도록 각색해서 소상하게 말했다.

그 말에 강영민이 영웅을 바라보며 물었다.

“이게 사실이냐?”

부장은 회심의 미소를 지었다.

지가 아무리 잘나 봐야 상대는 이 회사의 부사장이었다.

말 한마디로 인턴 정도는 쉽게 자를 수 있는 권력을 지닌 사람이라는 뜻이다.

이제 저 꼴 보기 싫은 인간을 더는 보지 않아도 된다고 생각하니 속이 다 시원해지려는 부장이었다.

그때 부사장의 물음에 인턴이 대답했는데, 이때부터 실시간으로 부장의 얼굴이 늙어 가기 시작했다.

“아니, 당연히 아니지.”

‘저, 저게 미쳤나? 서, 설마 부사장님인 것을 모르나?’

부장은 영웅이 반말로 대답을 하자 크게 당황하며 안절부절못하고 있었다.

부하 직원을 제대로 교육시키지 않았다고 불똥이 자신한테 날아올 수도 있는 상황이었다.

재빨리 이 상황을 무마하기 위해서 입을 열려는 찰나 그 입이 쩍 벌어지는 광경이 펼쳐졌다.

“자식, 그렇지? 네가 그럴 리가 없지?”

“응, 그런데 여긴 어쩐 일이야?”

“어쩐 일은, 점심시간이잖냐. 밥 먹으러 가자고. 괜찮지?”

“그럼! 형이 사 주는 거지? 나 인턴이라 돈 얼마 못 벌어.”

“하하하, 자식. 당연하지. 가자.”

둘의 대화에 부장은 동공이 이리저리 정신없이 왔다 갔다 하며 지금 이 상황이 무슨 상황인지 파악하려고 정신없이 머리를 굴렸다.

‘뭐, 뭐야? 혀, 형이라니? 강영웅 씨가 왜 부사장……. 가, 가만…… 강영민, 강영웅……. 헉!’

그제야 사태 파악이 완료된 부장은 얼굴이 시커멓게 변하며 온몸에서 식은땀을 줄줄 흘리기 시작했다.

영웅이 그런 부장을 가리키며 말했다.

“그런데 여기 부장님이 점심 먹지 말라는데?”

“뭐? 아니 직장인들이 하루 중에서 가장 기다리는 두 가지 시간 중 하나인데 그걸 못 하게 했다고?”

강영민이 부장을 노려보자 부장은 딸꾹질을 하며 이러지도 저러지도 못하며 당황하고 있었다.

“밥…… 먹으러 가도 됩니까? 안은태 부장님?”

강영민이 그를 노려보다 나직하게 물어 오자 부장은 정신없이 고개를 끄덕였다.

“무, 물론입니다!”

“에이, 조금 전까진 못 가게 하셔 놓고.”

“아, 아닙니다! 제, 제가 죽을죄를 지었습니다! 제, 제발 시, 식사 맛있게 하고 와 주시길 이렇게 간절하게 빕니다!”

부장은 얼굴이 사색이 된 채로 연신 영웅에게 부탁하고 있었다.

더 했다가는 울 것 같아서 영웅은 미소를 지으며 그의 어깨를 두드려 주고는 강영민을 따라나섰다.

둘이 사무실을 떠나고도 한참을 멍하니 서 있던 부장은 다리에 힘이 풀렸는지 그 자리에서 주저앉고 말았다.

털썩-!

"같은 성씨에…… 같은 돌림자를 쓰는 사람이 부사장님께 형이라고 불렀다면……. 가, 가만…… 마, 막내 도련님 성함이, 강……영웅……이었다. 그, 그걸 왜 이제야 기억한 거지? 왜? 왜!"

서류를 본 자에게 현혹의 술법에 걸리게 해 두었기에 전혀 인지를 못 하고 있었던 것뿐이었다.

그 술법이 방금 강영민과의 대화로 인해 깨진 것이다.

그의 얼굴은 순식간에 울상이 되었고 울먹이며 중얼거렸다.

"흐흑! 나, 난 이제 끝났다……. 끝이야……."

식사 자리에서 영웅에게 그동안 있었던 일들을 전해 들은 강영민은 심각한 표정으로 무언가를 생각하고 있었다.

"왜 그래? 뭔가 아는 것이 있어?"

영웅의 질문에 강영민이 고개를 끄덕였다.

"아무래도 면접에서 내가 나서서 너를 발탁시킨 것이 원인인 것 같군. 자신들의 권위가 떨어졌다고 생각하는 인간들이 너를 내치려고 부장에게 수작을 부린 것 같다."

"허……. 겨우 그런 이유로?"

"겨우 그런 것으로 사람 목숨이 왔다 갔다 하는 곳이 권력

판이다. 이곳도 그것과 전혀 다를 것이 없고. 그런데 왜 다들 네 이름에 의심을 전혀 안 했지? 그게 이상하단 말이야."

"그냥 동명이인이라고 생각한 것이 아닐까?"

"아니, 내가 네 편을 들었을 때 의심을 조금이라도 해 볼 법한데 그들은 전혀 의심하지 않았어. 이상하지 않아?"

무언가 이상함을 느낀 강영민의 말에 영웅은 속으로 뜨끔했지만, 태연한 얼굴로 아무렇지도 않게 너스레를 떨며 말했다.

"에이, 그건 형이 있어서 그런 거 아냐? 긴장해서 의심할 정신이 없었을 수도 있지. 부사장님이 옆에 딱 계시는데 다른 정신이 있었겠어?"

"그런가?"

듣고 보니 일리가 있는 말이었다.

"하긴 네 말도 일리가 있긴 하다. 하지만 아무리 그래도 뭔가 찝찝하단 말이지. 네 서류를 볼 때도 뭔가 기분이 이상하긴 했어."

영민의 말에 영웅은 형을 속인 기분이 들어 살짝 미안했다.

다행히 서류에 술법이 걸려 있을 것이라는 생각은 하지 않고 있었다.

영민은 S급 각성자였기에 이런 간단한 술법에는 걸리지 않았다. 그렇다고 해도 술법이 걸려 있다는 사실을 알 수 있는 것은 아니었다.

술법을 건 자가 무려 SSS급이니, S급이 알아차릴 수 있는 성질의 술법이 아니었다.

"그나저나 괘씸하네. 내가 뽑은 사람을 자기들끼리 팽하려 했단 말이지?"

열이 받는지 이를 갈며 그때 면접을 보았던 이들을 생각하는 강영민이었다.

"뭐야, 역시나 형 때문에 통과된 거였네. 순수하게 내 능력으로 통과하고 싶었는데……."

영웅이 시무룩한 표정을 지으며 고개를 숙이자 강영민이 당황하며 풀이 죽은 동생을 달래기 시작했다.

"아, 아니야! 너의 스펙은 완벽했어! 누구라도 뽑을 그런 스펙이었다. 정말이야!"

"고마워. 하아. 내가 그동안 너무 자만했었어. 이번 기회에 자만심을 버려야겠어."

그러면서 주먹을 불끈 쥐며 다짐하는 영웅이었다.

'정말로 자만하고 있었네. 이런 작은 것이 나중에 큰 화가 되어 돌아올 수 있어.'

속으로 이런저런 생각을 하는 영웅을 실망해서 저런다고 생각한 강영민은 연신 영웅에게 좋은 말을 해 주고 있었다.

그 모습에 강영민의 마음이 느껴진 영웅이 미소를 지으며 말했다.

"알았어. 인제 그만해. 형 맘은 충분히 알았으니까."

"그, 그러냐?"

"응, 점심시간 다 끝나 간다. 이제 들어가자."

"어? 어. 그, 그래. 먼저 들어가라. 나는 더 있다가 들어갈게."

"응, 알았어. 형 오늘 고마워."

그리 말하고는 서둘러 밖으로 나가는 영웅을 바라보며 강영민의 눈빛이 변했다.

"이 새끼들이 감히 내 동생을……."

강영민은 조용히 핸드폰을 꺼내 들고 자신의 아버지, 강백현에게 전화를 걸었다.

오늘 있었던 일들을 보고하기 위해서였다.

아무래도 상대가 임원들이었기에 그들을 가장 잘 다루는 사람에게 연락하는 것이었다.

그것이 어떤 일을 일으킬지도 모르는 채.

점심을 맛있게 먹고 들어온 직원들은 또다시 바뀐 사무실 분위기에 적응을 못 하고 있었다.

1시간이라는 짧은 시간 동안 무슨 일이 있었기에 부장이 저리도 나긋나긋하게 변했는지 사람들은 연신 고개를 갸웃거리며 이해하지 못했다.

"하하, 가, 강영웅 씨는 그동안 일을 많이 했으니 오, 오늘은 그, 그냥 쉬었다가 가시면 됩니다."

평소엔 윽박지르고 반말에 욕설까지 하던 부장은 연신 식은땀을 흘리며 존대에 무슨 상사 모시듯이 극진히 대하고 있었다.

"뭐야? 부장 미쳤어? 왜 저래?"

"그러게? 점심에 뭘 잘못 먹었나?"

"날도 안 더우니 더위를 먹었을 리도 없고……. 뭐지? 뭐야?"

다들 수군거리며 이게 무슨 일인지 추리하기 바빴다.

하지만 딱히 답이 나오진 않았다. 워낙에 순식간에 돌변한 분위기였기에 그 어떤 추리로도 답이 나오지 않았다.

그 순간 문이 벌컥 열리며 누군가가 들어오며 큰 소리를 질렀다.

"어떤 새끼가 우리 아들 욕하고 괴롭혔어? 어?"

갑작스러운 소란에 직원들은 인턴 중에 누군가 부모님을 소환했다고 생각하며, 도대체 얼마나 대책 없는 부모인지 얼굴이나 보자며 고개를 돌렸다.

흔한 일은 아니지만, 가끔 한 번씩 회사가 고등학교인 줄 알고 쳐들어오는 부모가 있었기 때문이었다.

그런데 그곳에서 눈을 부라리며 씩씩거리는 사람은 어디

서 많이 본 사람이었다.

"허, 헉! 회, 회장님!"

그랬다.

문을 박차고 들어와 소란을 피운 대책 없는 부모의 정체는 바로 천강 그룹의 회장 강백현이었다.

"회장님! 아, 안녕하십니까!"

사무실 사람들이 놀라서 일제히 고개를 숙이며 인사하자, 회장이 분노한 목소리로 답했다.

"안녕 못 해! 내 새끼 괴롭힌 놈 어디 있어! 너냐? 어? 너야?"

그 모습에 영웅이 이마를 짚었고 부장은 그 자리에서 주저앉아 버렸다.

천강 그룹의 총수, 강백현 회장의 등장에 사무실은 그야말로 초토화가 되었다.

공황에 빠진 사람들은 허둥지둥거리며 어찌할 바를 몰랐다.

그들을 이렇게 공황에 빠지게 만든 단어는 바로 회장이 들어오면서 외쳤던 '내 새끼'라는 단어였다.

회장이 내 새끼라고 부르는 존재라면 당연히 자기 자식일 것이고 그 자식이 바로 자신들과 같은 사무실에 있었다는 이야기가 된다.

그렇다면 인턴 중 한 명이라는 건데, 인턴 중의 한 명이 회장의 아들이라는 사실을 깨닫고 다들 정신이 나간 상태였다.

인턴 중에 회장과 같은 성씨는 단 한 명밖에 없었다.

강영웅.

사무실의 모든 사람이 영웅에게 고개를 돌렸다.

그리고 보았다.

부장이 주저앉아 있고 강영웅은 이마를 짚고 있었다.

저 반응만 봐도 100% 확실했다.

그때 회장이 영웅을 바라보며 외쳤다.

"내 아들, 영웅아!"

이제 1,000% 확실했다.

강영웅이 자기 아들임을 세상에 천명하는 순간이었다.

강백현의 부름에 영웅이 이마에서 손을 떼고는 천천히 앞으로 걸어 나갔다.

"아버지, 오셨어요? 어찌 알고 오셨어요?"

"영민이가 말해 주더라. 여기 부장 놈이 내 자식 못살게 굴고 있다고. 으드득! 부장 어디 있어! 부장!"

말하다가 화가 나는지 연신 주변을 두리번거리며 부장을 찾는 강백현이었다.

"저, 저 여기 있습니다! 회장님!"

간신히 정신을 차린 부장이 벌떡 일어나 강백현의 앞으로 달려 나왔다.

강백현은 자신 앞에서 오들오들 떨고 있는 부장을 죽일 듯이 노려보면서 나직하게 물었다.

"네가…… 내 아들 못살게 굴었냐? 엉? 네가 뭔데 내 아들을 못살게 구냐? 어?"

"그, 그게……."

부장은 차마 그렇다고 대답을 할 수가 없었다.

그랬다가는 정말로 죽을 수도 있다는 생각이 든 것이다.

자신의 눈앞에 있는 회장은 단순한 회장이 아니었다.

한 기업의 총수이면서도 국가급 자원이라는 S급 각성자였다.

그가 살짝 손을 휘두르기만 해도 자신은 죽은 목숨이었다.

이미 극한의 공포에 덜덜 떨고 있는 부장을 바라보던 영웅이 나직하게 한숨을 쉬며 강백현의 앞으로 나섰다.

"아버지, 그만하세요. 제가 애도 아니고……. 직장 생활하다 보면 누구나 겪는 일입니다."

"그래도! 감히 내 아들을!"

"아버지! 저를 아버지 품속에서 헤어 나오지 못하는 철없는 아들로 만드실 생각이십니까?"

강영웅의 말에 강백현이 당황한 표정으로 그 자리에서 멈췄다.

"아니면, 제가 다시 예전의 모습으로 돌아가길 원하시는 겁니까?"

예전의 모습이라는 말에 기겁한 강백현이 영웅의 어깨를 잡았다.

그리고 다급하게 외쳤다.

"그, 그럴 리가 있느냐! 아, 아니다! 절대로 아니다! 이, 이 애비가 조, 조금 성급했지? 그치? 우리 아들 화 많이 났니? 응?"

그 모습에 사무실에 있던 사람들이 2차 충격을 받았다.

그 누구에게도 의견을 절대 굽히지 않는 이가 바로 강백현이었다.

설사 자신의 목에 칼이 들어온대도 자신이 한번 정한 것을 밀고 나가는 성격이었고, 그런 성격 덕분에 기업을 이렇게까지 키울 수 있었다.

강백현의 소싯적 별명은 브레이크 없는 불도저였다.

그런 그가 지금 멈췄다.

그리고 자기 아들에게 쩔쩔매는 모습을 보이고 있었다.

"아들. 이 아빠는 그냥 거, 걱정이 돼서……."

연신 불안한 마음에 영웅만 바라보며 안절부절못하는 강백현을 보며 영웅이 그의 손을 꼭 잡으며 말했다.

"죄송합니다. 아버지를 이렇게 당황하게 할 생각은 아니었는데……. 이성을 잃으신 것 같아 어쩔 수 없이 극약 처방한 것으로 생각해 주세요. 저는 절대로 다시 돌아가는 일은 없을 겁니다. 제가 또 걱정을 끼쳐 드렸네요, 아버지. 죄송합니다.”

영웅의 말에 그제야 안심이 되는지 강백현이 가슴을 쓸어내리며 크게 숨을 내쉬었다.

“후우! 아니다. 우리 아들이 얼마나 잘하고 있는데. 그럼! 이 애비는 걱정을 하나도 하지 않았어요.”

“일단 직원들이 보고 있으니 자리를 잠시 옮기시죠.”

“그, 그래. 그러자꾸나.”

영웅과 자리를 이동하는 그사이에 강백현은 부장에게 전음을 보냈다.

-너는 대기하고 있어라. 지금은 아들 때문에 물러가지만 내가 부를 때까지 어디 가지 말고 딱 대기하고 있어라.

갑작스럽게 자신의 머릿속으로 들어오는 소리에 혼비백산하는 부장이었다.

이것이 말로만 듣던 전음이라는 것을 깨닫고는 황급히 자신의 입을 손으로 막고는 고개를 연신 끄덕였다.

그 모습을 본 강백현이 그제야 만족하는 웃음을 지으며 영웅을 따라 나갔다.

두 부자가 사라진 사무실에는 적막감만 남아 있었고 다들 부장을 불쌍한 눈으로 쳐다보았다.

부장은 그런 눈빛을 신경을 쓸 겨를도 없이 그저 망부석처럼 그 자리에 멍하니 계속 서 있을 뿐이었다.

강영민에게 대충 사정을 들은 강백현은 전화를 끊자마자 그 당시 임원 면접에 참여했던 자들을 모조리 불러들여 모든 것을 이실직고하게 했다.

그중 두 명이 이 일에 가담한 것이 밝혀졌고 그 임원들을 내쫓으라고 명령을 내린 후 영웅의 사무실로 쳐들어온 것이다.

이 모든 것이 단 몇 시간 만에 일어난 일들이었다.

그야말로 천강 그룹에는 한바탕 난리가 난 사건이었다.

이 일을 계기로 회장이 가장 아끼는 자식이 따로 있었다는 이야기들이 떠돌기 시작했다.

강영민 부사장의 자리도 위험한 것이 아니냐는 낭설까지 퍼졌다.

그 모든 소문은 자연스럽게 영웅의 귀에 들어갔고 영웅은 심각한 표정으로 한참을 생각하더니 자리에서 일어나 사무실 밖으로 나갔다.

영웅이 이미 회장의 아들임을 알고 있는 사무실의 사람들은 그제야 숨을 몰아쉬며 긴장을 풀었다.

나가면서 그 긴장 푸는 소리까지 들은 영웅은 결심을 굳혔다.

이곳은 자신이 있을 곳이 아니었다.

영웅은 곧바로 강백현이 있는 회장실로 향했다.

"아들! 하하하! 어쩐 일이더냐?"

강백현이 환한 미소를 지으며 영웅을 반겨 주었다.

영웅은 그런 강백현에게 인사를 하고 소소한 이야기로 아버지의 긴장을 풀어 드린 후에 본론을 이야기했다.

천강 그룹은 자신이 있을 자리가 아니라는 이야기를 하자, 그 말을 들은 강백현은 펄쩍 뛰며 반대했다.

"그게 무슨 소리냐! 어째서 싫다는 것이냐? 설마 그 임원 놈들 때문이더냐?"

"아닙니다. 그들은 어찌 되었습니까?"

"그놈들은 내가 지방으로 내쫓아 버렸다. 지방에서 가장 오지니 버티다가 지치면 알아서 나가겠지."

"그럼 됐습니다. 자신의 권력을 이용해서 애꿎은 사람에게 해코지를 한 자들은 당연히 벌을 받아야지요. 다만, 다른 사람들은 큰 잘못이 없으니 그냥 적당히 넘어가 주세요."

"그렇게 하면 회사 계속 다닐 거냐?"

강백현이 은근한 어조로 묻자 영웅이 다시 고개를 저으며 말했다.

"그건 아닙니다."

"왜! 어째서!"

"형들과 누나 때문입니다."

"어? 걔들이 왜?"

형들과 누나 때문이라는 소리에 강백현의 표정에 긴장이 서리기 시작했다.

직원들이 원인이라면 간단하지만, 그것이 가족이라면 복잡해지기 때문이었다.

하나하나가 전부 다 소중한 자기 자식들이었으니까.

강백현은 자신도 모르게 침을 꿀꺽 삼키고는 조심스럽게 물었다.

"영민이는 아닐 테고……. 설마…… 둘째와 셋째가 널 괴롭히더냐?"

"아닙니다. 그냥 제가 있으면 안 될 곳입니다."

"그러니까 그게 무슨 뜻이냐고 묻지 않느냐! 네가 있으면 안 된다니?"

이미 이곳에 온 본래 목적을 까맣게 잊은 채 영웅을 다그치는 강백현이었다.

그에 영웅은 이 이유를 차근차근 설명해 주기 시작했다.

"저의 존재로 인해 회사가 많이 술렁이고 있습니다. 저는 그것이 싫습니다."

"설마 이상한 헛소문 때문에 그러느냐? 그렇다면 걱정하지 마라. 그런 낭설과 소문은 너희 같은 재벌 2세들에게 항상 따라다니는 꼬리 같은 것이다."

"하아, 형들과 누나들 마음이 어떻겠습니까. 형들과 누나는 오래전부터 회사를 위해 일해 왔고 이제는 자리를 잡아 사람들에게 인정을 받고 있는데 갑자기 저라는 사람이 튀어 나왔으니……. 회사 이곳저곳에서 벌써 이런저런 말이 나오고 있습니다. 저는 형제들끼리 이렇게 경쟁하고 싸우는 것을 원하지 않습니다."

"녀석아. 그 정도는 다들 각오하고 있다. 원래 기업이라는 곳이 그런 곳이고……. 그리고 너의 자리는 내가 따로 잘 만들어 두었다. 다른 아이들에게도 이미 양해를 구해 놓았으니 너는 그런 걱정 하지 말고 그냥 다니거라."

강백현의 말에 영웅이 그의 눈을 똑바로 바라보며 말했다.

"가장 큰 이유는 아버지의 회사가 아닌 제 회사를 갖고 싶습니다. 제가 직접 만든 제 회사 말입니다."

영웅은 당당하게 자신의 진짜 마음을 이야기했다.

그 모습에 강백현의 동공이 세차게 흔들렸다.

가장 아픈 손가락이었던 영웅이 저리 당당하게 자기 뜻을 말하는 것도 대견했지만, 자신의 품을 떠나겠다고 선언하는 모습에 한편으로는 가슴 한편이 아려 왔다.

말리고 싶은데 영웅의 눈빛이 너무도 당당해서 차마 그럴 수가 없었다.

"새, 새로 기업을 만든다는 것은 정말로 기나긴 인내와 고통을 감내해야 하는 머나먼 길이다. 정말로 그러려고 하느냐?"

"네! 저는 저만의 길을 만들고 싶습니다. 아버지라면 저를 이해해 주시리라 믿습니다."

이해하고 싶지 않았다.

그저 자신이 깔아 놓은 길을 편하게 걸어가길 바랄 뿐이었다.

그러다가 이내 마음을 고쳐먹었다.

내 새끼가 선택한 길이다.

지치고 힘들어서 돌아오면 그때 다시 받아 주면 그만이다.

자신에게는 그럴 힘이 있었다.

그렇게 생각하니 다시 마음이 편해지며 영웅이 대견하게 보이기 시작했다.

'그래, 혼자 힘으로 세상을 직접 경험해 보는 것도 인생에 큰 도움이 될 것이다. 녀석, 어느새 이렇게 컸구나. 허허허.'

강백현은 이내 입가에 미소를 지으며 영웅의 어깨를 꽉 움켜잡으며 말했다.

"그래! 해 보거라! 내 아들이 하겠다는데 누가 말리겠느냐! 하하하! 가서 너의 꿈을 실컷 펼치거라. 그러다 지치고 힘들면 언제든 이 애비의 품으로 돌아오거라. 알겠느냐?"

강백현의 애정이 가득 담긴 말에 영웅은 잠시 그것을 바라보다가 같이 환한 미소를 지으며 고개를 끄덕였다.

간만에 협회를 찾은 강영웅에게 아더가 강아지처럼 환한 미소를 지으며 달려왔다.

"주인!"

그의 얼굴엔 정말로 기쁨이 가득했다.

"하하, 잘 지냈냐?"

"그렇습니다! 주인! 왜 이렇게 오래간만에 오셨습니까? 보고 싶었습니다!"

예전과 달리 표정도 밝아지고 성격도 유해진 아더였다.

이제 이곳 세상에 거의 적응을 끝내 가고 있었다.

물론, 아직도 말투는 이상했지만, 그것은 문제가 아니었다.

수천 년을 사용하던 말투가 어찌 하루아침에 고쳐지겠는가.

영웅은 그저 그러려니 하고 넘어갔다.

"수련은 잘하고 있어?"

"그렇습니다. 리차드, 연준혁, 천민우, 독고영재 모두 열심히 수련했습니다."

"넌? 내가 없어서 못 했구나?"

영웅이 알 수 없는 미소를 지으며 물었는데 아더는 그것을 눈치채지 못하고 고개를 끄덕이고 있었다.

"그렇습니다. 다들 제 상대가 되지 않습니다. 저들은 아직 멀었습니다."

"아더도 어서 더 강해져야지. 그래야 널 괴롭히던 그 못된 동족 놈들에게 복수하지. 가자! 훈련하러. 나도 며칠 몸을 안 움직였더니 찌뿌둥하다."

"알았습니다!"

아더는 자신이 겪었던 아픈 기억을 모두 영웅에게 말한 상태였다.

영웅은 아더의 아픈 과거를 듣고는 크게 분노했고, 나중에 반드시 같이 돌아가서 널 괴롭힌 그들을 모조리 혼내 주겠다고 말했다.

그 모습에 다시 한번 감동한 아더는 영웅을 향한 충성심이 더욱더 깊어졌다.

다만, 지금 영웅이 자신에게 한 이야기에 정확한 맥을 짚지 못한 아더는 후에 크게 후회한다.

영웅은 그대로 아더를 데리고 훈련장이 있는 곳으로 갔고 옷도 갈아입지 않은 채 곧바로 훈련에 들어갔다.

그동안 회사 다니면서 쌓인 스트레스를 풀려는 것이었다.

물론, 그 대상은 불행하게도 아더였다.

아직은 그 사실을 알지 못한 채 연신 환한 미소로 영웅을 졸래졸래 따라가고 있었다.

아더는 영웅이 자신을 바라보며 환하게 웃자 따라 웃었다.

"시작해도 되지?"

"네? 무엇을 말입니까?"

"훈련."

"그럼요. 언제든지 해도 됩니다."

아더는 영웅이 훈련할 수 있도록 자리를 피해 주려고 했다.

그런데 영웅이 다짜고짜 아더를 향해 달려들기 시작했다.

"헉! 주, 주인! 왜, 왜 이러십니까?"

"왜긴? 방금 훈련이라고 말했잖아. 해도 된다고 너도 방금 말했고."

"그, 그게 저를 지칭한 말이었습니까?"

"당연하지. 난 훈련 안 해도 강한 거 알잖아."

말이 끝남과 동시에 영웅의 손이 보이지 않을 속도로 맹렬하게 아더를 공격하기 시작했다.

파파파팍-!

아더는 그런 영웅의 공격을 막아 내기에 급급했고 그런 아더를 본 영웅이 즐거운 미소를 지으며 말했다.

"잘 막네, 역시!"

태연하게 말하며 공격하는 영웅과는 달리, 아더는 영웅의 공격을 막느라 말할 시간도 없었다.

영웅의 공격을 정신없이 막아 내던 아더는 조금의 여유가 생긴 틈에 다급하게 말했다.

"그, 그만하십시오! 저, 저도 훈련하지 아, 않아도 강합니다! 그, 그러니 그만…… 쿠엑!"

빠악-!

말하다가 놓친 영웅의 주먹에 정통으로 맞고 날아가는 아더였다.

쿠당탕탕-!

바닥을 정신없이 구르며 밀려 나는 아더를 보며 영웅이 미소를 지으며 말했다.

"내 몸에 정확하게 네 공격을 타격시키면 앞으로 수련 면제시켜 주지."

영웅이 사악하게 웃으면서 아더를 향해 다시 돌진하자 아더는 이를 악물고 영웅을 향해 공격하기 시작했다.

"이익! 주인! 그 약속 꼭 지키셔야 합니다! 하앗! 헬파이어!"

순식간에 아더의 손에서 최강의 마법 헬파이어의 형태인 하얀 광구가 생성되었다.

뀨잉-!

눈이 부실 정도로 환한 빛이 맹렬하게 광구 안에서 소용돌이치고 있었고, 거기에서 느껴지는 강렬한 마나가 공포심을 자극하고 있었다.

이것을 다른 이들이 보았다면 뒤도 돌아보지 않고 도망을 치거나 엎드려 빌며 제발 살려 달라고 애원했을 것이다.

저 작은 광구 하나가 중소 도시 하나를 쑥대밭으로 만들 수 있을 정도의 위력을 지녔으니 말이다. 레전드급 각성자여도 쉽게 막을 수 없는 최강의 마법이었다.

그것을 조금의 망설임도 없이 영웅을 향해 날려 버리는 아더였다.

푸앙-!

아더 역시 중간을 모르는 드래곤답게 다짜고짜 최강의 마법을 영웅에게 날렸다.

보통의 상대였다면 저 기술을 보고 혼비백산해서 도망을 쳤을 테지만, 상대는 영웅이었다.

영웅은 아더가 날린 헬파이어를 축구공 차듯이 하늘 높이 발로 차 버리고 아더에게 접근했다.

그 모습에 아더가 울상이 된 모습으로 외쳤다.

"주, 주인! 그, 그러는 것은 바, 반칙입니다!"

드래곤 생에 헬파이어를 발로 차서 날려 버리는 장면은 처음 보는 엄청난 광경이었다.

자신이라면 저게 가능할까?

아니다.

발을 가져다 대는 순간 자신의 다리는 이 세상의 것이 아니게 될 것이다.

절대로 이루어질 수 없는 일들을 아무렇지도 않게 행하는 사람이 바로 자신의 주인, 영웅이었다.

아더는 이대로는 안 되겠다 싶었는지 재빨리 양손에 다시 헬파이어를 만들어 내었다.

드래곤의 강함이 여기서 나오는 것이다.

일반적인 인간 마법사였다면 헬파이어를 한 번 생성하는 것만으로도 많은 마나를 소모하여 지쳤을 것이다.

하지만 아더는 헬파이어를 만드느라 마나를 소모했음에도 전혀 지치지 않은 모습으로, 하나도 아니고 두 개의 헬파이어를 추가로 생성한 것이다.

아더는 헬파이어를 그냥 날리지 않고 그것을 자신의 의지대로 움직이게끔 만들어 영웅에게 날렸다.

맹렬한 속도로 날아가는 헬파이어는 마치 살아 있는 생명체처럼 이리저리 움직이며 영웅을 향해 날아갔다.

하나를 막아도 또 다른 하나가 영웅을 공격하게 만든 것이다.

그런데 눈앞에서 아더를 기겁하게 만든 광경이 펼쳐졌다.

자신이 날린 헬파이어를 영웅은 무슨 야구공을 받아 내듯이 둘 다 잡더니 두 개를 합치는 것이 아닌가.

쯔이이잉-!

강제로 합쳐지는 기이한 소리와 함께 수박 크기로 커진 헬파이어. 이를 보던 아더는 혼비백산한 표정으로 뒷걸음질을 쳤다.

"저, 저게 무슨 말도 안 되는……."

드래곤 생에 이런 공포스러운 광경은 처음 보았다.

하나로 합쳐진 헬파이어는 한눈에 보아도 엄청난 기운을 내뿜으며 무서운 기세로 회전하고 있었다.

그것을 들고 있는 영웅은 아더를 바라보며 씨익 웃었고 이내 그것을 아더가 있는 방향으로 던졌다.

그 광경에 아더가 사색이 된 얼굴로 자신이 펼칠 수 있는 모든 기운을 끌어올려 배리어를 펼쳤다.

"으아아악! 퍼, 퍼펙트 배리어! 퍼펙트 배리어! 퍼펙트 배리어!"

하나로는 안심이 안 되었는지 연달아 세 개를 중첩으로 만드는 아더였다.

쩌저정-!

곧이어 영웅이 던진 헬파이어가 아더의 배리어와 충돌했고, 엄청난 충격에 아더가 비명을 질러 댔다.

"꾸에에엑! 주, 주인! 주인! 드래곤 죽습니다!"

"안 죽어! 그리고 잊었어? 나에겐 리스토어가 있다! 죽으면 바로 살려 주마."

"그, 그런! 으아악! 배, 배리어가 깨지고 있습니다! 사, 살려 주세요!"

"거참 그렇게 쉽게 안 죽는대도. 뭐, 잘 막고 있네."

"이, 이게 잘 막고 있는 것으로 보입니까? 이익! 헬파이어!"

아더는 이를 악물고 또 다른 헬파이어를 소환해 배리어를 깨뜨리고 있는 헬파이어에 던졌다.

두 헬파이어가 충돌하자 엄청난 폭발이 일어났고 대련장 전체가 쑥대밭이 되었다.

폭발에 의한 폭풍이 사라지자 만신창이가 된 아더와 그것을 보며 즐겁게 웃고 있는 영웅이 보였다.

거친 숨소리를 내쉬며 최대한 불쌍한 표정으로 바라보고 있는 아더에게 영웅이 말했다.

"잘했어. 봐! 하니까 되잖아. 자, 다시 해 볼까?"

"다시요? 아, 아니! 아니요! 아닙니다! 아니라고요! 바, 방금 건 가, 간신히 막은 거라고요! 아아아악!"

콰콰콰쾅-!

수련장에서는 연신 폭음이 일어나고 있었고 아더는 정말로 혼신을 힘을 다해 반격했지만 소용없었다.

잠시 후, 기진맥진한 채로 바닥에 쓰러져 헐떡이는 아더에게 영웅이 말했다.

"수련을 게을리했네. 내 몸을 건드릴 수 있는 날까지 수련이다!"

자신을 건드릴 수 있을 때까지 수련이라는 소리에 아더는 망연자실한 표정으로 말했다.

"주인……. 그건 불가능합니다! 임파서블!"

"말이 술술 나오는 걸 보니 체력이 회복되었나 보다. 자, 다시 시작하자."

"노! 주인! 저 아직 체력 회복 안 되었습니다! 정말입니다!"

아더가 격렬하게 고개를 저으며 저항했지만, 소용이 없었다.

이 장면을 멀리서 지켜보는 여섯 개의 눈동자가 있었다.

바로 그곳에서 훈련 중이었던 천민우와 독고영재, 그리고 이곳에 새로이 합류한 레전드 등급인 리차드가 있었다.

리차드는 아더에게 제대로 된 마법을 배우기 위해 아예 짐까지 싸 들고 이곳으로 거처를 옮겼다.

영웅과 아더의 대결을 보던 리차드는 기가 막힌 목소리로 중얼거렸다.

"허……. 마스터는 인간이 아닌 것이 분명합니다. 헤, 헬파이어를 무슨 축구공 차듯이……. 거기에…… 보셨습니까? 심지어 그걸 공 잡듯이 잡아서 하나로 합치는 거? 와, 저는 살짝 지렸습니다."

"그 전에 전설 속에 나오는 최강의 생물이라는 드래곤을 체육관에 있는 샌드백 치듯이 패는 것은 안 보이십니까? 저것부터가 사기인데요."

"주군께서 저리 쉽게 상대하시니 내가 멋도 모르고 쉽게 생각하고 아더 님께 덤볐다가 죽을 뻔했었지."

마지막에 말한 독고영재의 말에 둘의 고개가 홱 하고 돌아갔다.

둘의 눈에는 경악이 어려 있었다.

"사, 사실입니까?"

떨리는 목소리로 천민우가 사실 여부를 묻자, 독고영재가 그 당시를 회상하는 듯한 표정으로 하늘을 바라보며 고개를 끄덕였다.

"드래곤이라는 존재가 얼마나 강한지 궁금하기도 했고……. 진짜 강하더군. 최강의 생물이 맞아."

독고영재의 말에 리차드가 강하게 고개를 끄덕이며 덧붙여 말했다.

"당연하지요. 우리 마법사들에게 드래곤은 일종의 신과 같은 존재니까요. 언제나 꿈꾸며 기다려 온 존재지요. 물론……."

리차드가 말을 하다 말고 다시 영웅과 아더가 있는 방향을 바라보며 다시 말을 이어갔다.

"그보다 더한 존재가 있을 것이라는 것은 몰랐지만……."

리차드의 말에 다들 고개를 끄덕이며 둘의 훈련을 다시 구경하기 시작했다.

말이 좋아 훈련이지, 일방적인 구타나 다름없었다.

드래곤이기에 버틴 것이지 자신들이었다면 저 한 수에 저승 문턱을 왔다 갔다 했을 것이다.

그때 리차드가 무언가를 보고는 기겁을 하며 비명을 질렀다.

"헉! 저, 저건!"

리차드의 비명에 다들 그가 바라보는 곳으로 고개를 돌렸다.

그곳에는 영웅이 치아가 선명하게 보일 정도로 미소를 지은 채 손에 무언가를 생성하고 있었다.

조금 전에 아더가 날렸던 최강의 마법인 헬파이어와 비슷해 보였다.

그때 아더 역시 비명을 지르며 뒷걸음질을 치기 시작했다.

"으악! 주, 주인! 무, 무슨 짓을 하시는 겁니까?"

아더가 크게 당황하며 이리 행동하는 것에는 이유가 있었다.

"아까 네가 던진 헬파이어를 하나로 합치면서 생각한 기술인데 이게 되네."

뀨잉- 뀨잉- 뀨잉-!

연신 헬파이어가 중첩되어 가는 소리가 아더의 귀에 들려오고 있었다.

"그, 그런 말도 안 되는 것을 아무렇지도 않게 하지 좀 마시라고요! 가끔가다 진짜 드래곤인 제가 마법의 조종이 맞는지 돌아보게 된다니까요? 세상천지에 헬파이어를 그렇게 무식하게 중첩시키는 법이 어딨습니까!"

아더가 울상이 된 얼굴로 영웅에게 말했다.

사실 아더는 생각도 해 보지 않았던 참신한 공격법이었다.

저 중첩된 헬파이어의 위력은 어느 정도일까?

막을 수 있을까?

그것을 상상하니 아더의 등 뒤에 식은땀이 줄줄 흐르기 시작했다.

'저, 저것을 맞으면 나는 순식간에 먼지로 변한다. 막는다? 저걸? 뭔 수로? 못 막아. 저건…….'

침을 꿀꺽 삼키며 설마 저것을 자기에게 던지겠냐는 믿음으로 그것을 바라보았다.

그 장면에 리차드 역시 경악하며 입을 다물지 못하고 있었다.

"그, 그냥 시전하는 것도 엄청난 마나가 소모되어 나도 겨우겨우 시전하는 헬파이어를……. 아무렇지도 않게 시전하는 것도 모자라서 주, 중첩을 시키고 있다고?"

상식적으로 이해가 되지 않는 광경이었다.

리차드는 침을 꿀꺽 삼키며 그 말도 안 되는 짓을 아무렇지도 않게 시도하고 있는 영웅을 정말로 괴물 보듯이 바라보고 있었다.

'저, 저분을 미, 미리 알고 밑으로 들어가서 다행이다. 아, 아니었으면 나는 아무것도 모르고 저분에게 더, 덤볐겠지?'

다시 생각하니 온몸에 소름이 돋았다.

'각성자고 나발이고 등급이고 뭐고, 다 소용없고 부질없음이다. 나는 왜 무엇 때문에 그렇게 아등바등 살아왔던가.'

그 장면을 보며 자신을 되돌아보는 리차드였다.

그 순간 리차드의 몸에서 변화가 시작되었다.

영웅의 헬파이어를 보고는 깨달음을 얻어 그가 그토록 원하던 경지에 발을 들이고 있었다.

리차드의 각성에 영웅과 아더가 고개를 돌렸고, 그가 지금 가장 중요한 순간임을 깨닫고는 영웅은 헬파이어를 조용히 거둬들였다.

그리고 리차드의 각성이 끝나기를 기다렸다.

-주군, 아무래도 오래 걸릴 것 같습니다. 리차드는 저희가 보호할 테니 안으로 들어가서 쉬십시오.

독고영재의 전음에 영웅이 고개를 끄덕이며 아더를 데리고 안으로 들어갔다.

아더는 잠시 리차드를 바라보며 미소를 지었다.

자신을 영웅과의 대련 지옥에서 구해 준 은인에게 보내는 감사 인사였다.

'깨어나면 잘해 줘야지. 넌 내가 책임지고 키워 준다!'

얼떨결에 각성하고 아더에게 인정까지 받게 된 리차드였다.

영웅은 한지우 비서, 아니 이제 사장이 된 그의 사무실을 찾았다.

"도련님! 오셨습니까?"

한지우가 영웅을 보고는 엄청 반가운 표정으로 그를 맞이했다.

영웅이 이곳을 찾은 이유는 자신이 맡겨 두었던 일들이 어찌 진행되고 있는지 알기 위함이었다.

영웅은 한지우에게 이런저런 일들을 시켰었고, 그중에서도 금융 쪽을 중점적으로 맡긴 상태였다.

한지우는 영웅이 준 막대한 자금을 바탕으로 일을 시작했고 어느덧 직원만 수백 명에 달할 정도로 큰 회사의 사장이 되어 있었다.

업계에서는 그를 마이더스의 손이라 부르고 있었다.

그만큼 그가 투자하는 종목들은 하나같이 대박 행진을 하고 있었다.

처음에 영웅이 찍어 준 몇 개의 회사뿐 아니라 순전히 자신의 실력으로 대박을 터트린 것들도 많았다.

그것도 운이 아니라 철저하게 준비해서 투자한 것이었다.

자신도 모르던 재능을 알게 된 것이다.

현재 한지우가 운영 중인 영웅의 자금만 해도 1천7백억 달러에 달하고 있었다.

웬만한 나라 1년 예산급 재산이었다.

"도련님의 재산은 현재 1천7백억 달러 정도로 형성되어 있습니다."

"그렇군."

"아니, 기쁘지 않으십니까? 세계 최고의 부자 중에 한 분이시란 말입니다!"

한지우는 영웅의 시큰둥한 반응에 고개를 갸웃거리며 되물었다.

보통 사람이라면 이 정도 금액을 들었을 때 환호하며 난리가 났을 것이다.

"응, 기뻐. 고생했네. 그 돈의 10%는 한 비서, 아니 이제 사장이지. 한 사장 특별수당이니 알아서 챙겨 가."

영웅의 말에 한지우가 입을 쩍 벌리며 되물었다.

"네? 그, 그 돈의 10%면 170억 달러입니다! 그, 그게 제 특별수당이라고요?"

"응. 고생했으니까 그 정도는 챙겨 가야지."

세상에 누가 특별수당이라며 170억 달러를 챙겨 준단 말인가. 그것도 원이 아니라 달러였다.

물론, 이 세계는 특별한 세상이라 수백, 수천억 달러를 가진 자들이 넘쳐 나는 세상이었다.

대부분의 상위 클래스 각성자들은 저 정도의 재산을 가지고 있었다.

그래도 일반인인 한지우에겐 천문학적인 금액이었으니 이렇게 놀라는 것이 무리도 아니었다.

물론, 그의 재능이라면 머지않은 시간에 저 정도 금액을 만들 수 있을 것이다.

"왜? 부족해? 20% 줄까?"

영웅의 말에 한지우가 기가 막힌 듯이 입을 벌리며 그를 바라보고 있었다.

사실 영웅에게 이제는 딱히 돈이 중요하지 않았다.

그의 4차원 공간에는 이것을 아무렇지 않게 생각할 정도의 보물과 돈이 있었으니까.

블랙맘바의 비밀 창고에서 가져온 돈과 금괴, 그리고 가드륨만 해도 몇조 달러에 달하는 금액이었다.

그걸 알 리가 없는 한지우는 영웅의 담대한 모습에 감동하고 있었다.

"크흑! 역시 도련님! 그릇이 다릅니다! 저는 이럴 줄 알고 있었다고요!"

과거에 힘든 시간을 보내던 영웅이 떠올랐는지 연신 눈을 훔치며 눈물을 닦아 내는 한지우였다.

그 모습을 보며 영웅은 미소를 지었다.

사람이 참 한결같았다.

영웅에게 한지우는 이 세상에서 처음으로 마음을 준 지기

이자 인연이었다.

그 누구보다 소중한 사람이었으니 저까짓 푼돈 정도는 아무렇지 않게 줄 수 있었다.

잠시 한지우가 마음을 추스를 시간을 준 영웅은 그의 상태가 조금 진정되자 이곳에 온 목적을 말했다.

“그때 내가 물류 창고 부지 알아보라고 한 것 전부 준비되었지?”

“네! 아주 알짜배기로만 전부 준비해 두었습니다.”

“그럼 그거 전부 천민우에게 넘겨줘. 그러면 그 뒤는 그가 알아서 할 거니까.”

“이제 세상에 모습을 드러내실 생각이십니까?”

“아니, 그건 아니고 한 사장이 하는 일이 많으니까 분담시키는 거지.”

“감사합니다. 사실 요즘 좀 벅찬 상태였거든요. 역시 저를 생각해 주시는 것은 도련님뿐입니다! 그러지 마시고 이 기회에 세상에 모습을 드러내고 활동을 하시는 건 어떻겠습니까? 사실 말이 좋아 제가 사장이지 제가 가진 모든 것이 다 도련님 것이 아닙니까. 도련님이야말로 세상의 중심이고 모든 것을 다 가진 남자이며…….”

슬슬 영웅에 대한 애찬가를 시작하려고 하는 한지우에게 영웅이 재빨리 손을 들어 제지했다.

“그, 그만. 거기까지. 그쯤하고 현재 우리가 대주주로 있는 기업들 좀 나열이나 해 봐."

재빨리 한지우의 말을 막으며 주제를 다른 쪽으로 돌렸다.

한지우는 영웅의 물음에 환한 미소를 지으며 줄줄이 말하기 시작했다.

"아! 네! 지금 당장 말씀드리겠습니다. 일단 도련님께서 말씀하신 아마조네스, 칠성전자, 어플, 고글 쪽은 전부 대주주입니다. 전부 30% 이상 주식을 보유하고 있습니다. 거기에 인수하라고 지시하신 가야자동차와 미래큐리엘, 팬텀, 라이닉스는 70% 정도 보유하고 있는 상태입니다!"

한지우의 말에 영웅은 고개를 끄덕이며 물었다.

"미래큐리엘과 팬텀을 합치고 블랙홀이라고 회사명을 바꿔."

"알겠습니다."

"천민우 아래에 있는 연구진이 만든 휴대폰을 그곳에서 생산해서 세상에 공급할 거야. 아마 이제부터 조금 많이 바빠질 예정이니 그에 대비하도록 해."

"하하, 저는 언제든지 준비되어 있습니다."

자신의 가슴을 두드리며 자신 있게 대답하는 한지우를 보며 피식 웃는 영웅이었다.

"그런데 그 핸드폰이 정말로 세상을 뒤집을 정도입니까?"

"보면 알아. 이제 세상에 우리 핸드폰이 없는 곳을 찾기 힘들 정도가 될 테니까."

영웅이 그렇다면 그런 것이다.

한지우의 믿음은 그 정도로 굳건했다.

2006년 1월.

세계 사람들을 열광하게 하는 제품이 작은 나라 한국에서 등장했다.

지금까지 생산되던 핸드폰과는 차원이 다른 모습의 폰이 등장한 것이다.

커진 액정과 터치로 조작을 한다는 점에서도 충격인데 작은 컴퓨터 역할에 카메라까지.

모든 것이 혁신이었다.

블랙홀.

그것이 이 폰의 이름이었다.

이 폰 안에 들어가는 운영체제는 고글이라는 곳에서 개발했고, 그에 고글이라는 곳 역시 엄청난 유명세를 떨치기 시작했다.

문제는 이 폰은 통신사 데이터를 쓰지 않고 와이파이를 이용할 수 있다는 점이었다.

그동안 데이터 장사로 이익을 보던 전 세계의 통신사들이 난리가 났다.

그것은 한국이라고 다를 바가 없었다.

통신 3사는 블랙홀 폰을 유통하지 않겠다고 세상에 발표했다.

이름 없는 중소기업이 만든 제품이라 믿을 수가 없다는 것이 그 이유였다.

겉으로는 소비자들을 보호하기 위함이라고 했지만, 실상은 자신들을 보호하기 위함이었다.

하지만 각성자들의 세상이라고 해도 일반인이 압도적으로 많은 세상이었기에 일반인들을 상대로 이런 제품이 나왔다는 것 자체가 사람들에게 센세이션이었다.

그동안 각성자 위주로만 기술 개발이 되어 소외되어 왔던 일반인들은 이 폰의 등장을 열렬하게 환호하고 반겼다.

사람들은 실망해도 좋으니 써 보고 싶다며 통신사들을 압박했다.

하지만 이 기 싸움에서 진다면 자신들의 이익에 엄청난 피해가 올 것이기에 두 귀를 꼭 막고 듣지 않는 통신사였다.

엄청난 폰이 나왔으나 세상에 유통이 되지 않는 현상이 일어난 것이다.

한편 사람들의 압박이 점점 더 심해지자, 국내 통신사 대표들은 한자리에 모여 이 사태에 대해 의견을 나누었다.

쾅-!

"이 빌어먹을 중소기업 따위가 감히!"

"알아보니 웬 이상한 놈이 사장이더군요. 김철수라고 사채 쪽에 있던 A급 각성자더군요."

"흥! 돈놀이나 계속할 것이지. 이런 쓸데없는 짓을 하다니."

"그놈 혼자서 이런 일을 저지르진 않았을 테고. 뒤에 또 누군가 있는 것이 아니오? 사채를 하던 놈이 제법 규모가 있던 회사를 인수하고 그것도 모자라서 이런 엄청난 제품을 개발했다는 것이 믿어지오?"

"일단은 지우금융이라는 곳을 통해서 인수했더군요. 자금도 대부분 그쪽에서 흘러나온 것으로 보입니다."

"지우금융?"

6장

지우금융이라는 회사명을 들은 사람들은 고개를 갸웃거렸다.

처음 들어 보는 회사였기 때문이었다.

"아, 거긴 내가 알지. 요즘 증권가에서 마이더스의 손으로 알려진 한지우라는 자가 만든 회사요. 회사 성장세가 아주 무서울 정도로 빠르다고 하더군요."

"흥, 어차피 그쪽 놈들은 회사 운영에 관심이 없을 거요. 분명 저 휴대폰을 이용해서 주가를 잔뜩 올린 뒤에 빠지려는 것이 목적이겠지. 아니면 비싼 값에 저 회사를 팔아넘기든가."

"내 생각도 그거요. 그러지 않고서야 저런 말도 안 되는 물건을 만들 리가 없지. 몸통은 그 지우금융이라는 곳이고 김철수라는 자는 바지사장이겠군."

이들은 블랙홀을 만든 회사 블랙홀에 대해 집중적으로 조사를 하고 그에 대해 견제를 어찌할 것인지에 대해 끊임없이 토론했다.

"가장 좋은 방법은 그 회사를 우리가 먹든지, 아니면 문 닫게 만드는 것이오."

"자금줄을 끊어 버리면 어떻습니까? 우리와 거래하는 은행들에 블랙홀에 대출해 주지 말라고 압박을 넣는다면?"

"지우금융이라는 곳에서 자금을 지원하고 있다는 소리를 못 들었소?"

"그렇다면 그곳도 같이 끼워 넣는 거죠. 지우금융과 블랙홀. 이 두 회사가 대출을 못 하게 말입니다."

"그거 나쁘지 않은 생각이오. 돈이 마르면 지들이 뭐 어쩌겠소? 문 닫아야지."

"맞는 말이오, 하하. 돈은 들어오지 않는데 다달이 나가는 돈은 엄청날 테니 딱 1년만 조이면 무너질 것이오."

"하지만 금융으로 회사를 키운 자들이 그리 호락호락하겠습니까?"

"왜 이러시오? 금융회사라도 현금을 쌓아 두고 일한답니까? 그들의 자금은 모조리 주식이나 이곳저곳 투자에 들어가 있겠지요. 왜 이러시오? 사업 하루 이틀 하는 사람처럼."

"맞습니다. 거기에 이득을 최우선으로 하는 그들의 습성상 우리가 이렇게 압박한다면 지레 겁을 먹고 물러설지도 모르지요."

"좋소! 해 봅시다. 우리가 힘을 합쳤으니 그놈들이 어쩌겠소? 하하하하!"

결국 자금줄을 아예 끊어 버려서 저들을 말려 죽이는 것으로 결론을 내는 그들이었다.

영웅과 이런저런 이야기를 하면서 차를 마시고 있던 한지우에게 누군가가 다급한 표정으로 들어왔다.

"무슨 일이지요?"

이제 제법 사장의 모습을 내는 한지우였다.

사실 영웅 앞에서나 가벼운 모습을 보이는 것이지 남들에게 보이는 그의 모습은 그야말로 카리스마의 제왕이었다.

영웅은 한지우의 이런 모습을 보면 흐뭇한 표정을 지었다.

한편, 다급하게 들어온 사람은 한지우 밑에 있는 직원이었고 그는 당황한 표정으로 한지우에게 보고하기 시작했다.

"크, 큰일 났습니다! 사장님! 구, 국내에 있는 모든 은행에서 우리 회사의 대출을 막아 버렸습니다!"

"그게 무슨 말입니까? 모든 은행에서 대출 신청을 막았다고요?"

"그, 그렇습니다."

"흠……. 왜지?"

"여기저기에 알아본 바 국내 통신사에서 무언가 수를 쓴 것 같습니다."

부하 직원의 말에 한지우의 표정이 살짝 굳으며 고개를 끄덕였다.

"견제할 것이라 생각은 했는데……. 이렇게 대놓고 할 줄은 몰랐네."

"어찌할까요?"

"내가 알아서 할 테니 그만 나가 봐요. 수고했어요."

"네? 네! 아, 알겠습니다!"

부하 직원이 나가자 그제야 표정을 풀고는 영웅을 바라보는 한지우였다.

"저들이 슬슬 저희를 공격하려고 준비하는 것 같은데요."

한지우의 말에 영웅이 피식 웃으며 고개를 끄덕였다.

"지들이 공격해 봤자지."

"어찌할까요?"

"뭘 어찌해? 국내 은행 전부가 가진 자금보다 더 많은 자금을 가진 사람이 바로 나인데."

"그래도 지금 상황에서 도련님의 그 돈을 사용하는 것은 불리할 수 있습니다. 출처가 불분명하니까요. 분명히 저들은 그 출처를 잡고 늘어질 것입니다."

한지우의 지적은 정확했다.

모든 자금줄을 막았음에도 돈이 나온다면, 분명히 비자금이나 불법적인 검은돈으로 생각하고 그것으로 공격이 들어올 것이 분명했다.

"흠, 그런가? 이거 참. 돈이 많아도 함부로 쓸 수가 없다니……. 불편하긴 하네. 천민우에게 연락해."

"알겠습니다."

"그나저나 통신사에서 이 폰을 받아 주지 않는단 말이지? 뭔가 방법이 없나?"

"한 가지 방법이 있긴 합니다."

한지우의 말에 영웅이 눈빛을 반짝이며 물었다.

"말해 봐."

"지금 저희를 견제하는 통신사들은 일반인들을 대상으로 하는 통신사입니다. 도련님께서 이 폰을 만든 이유도 일반인들을 위해서고요. 맞죠?"

"그렇지. 그런데?"

"통신사가 한 곳이 더 있습니다."

"더 있다고? 왜 난 들어 보질 못했지?"

"각성자들 전용 통신사이기 때문이지요. 주로 웜홀과 바깥 세상의 연결을 전문으로 하는 곳이라 개인이 하는 것이 아니고 협회 산하에 있는 기관입니다."

"그래? 그런데……. 그 통신사가 일반인들을 상대로 사업을 해도 돼?"

"법적으로는 통신업이니까 문제가 없을 겁니다."

한지우의 말에 영웅이 턱을 쓰다듬으며 잠시 생각에 잠겼다.

"그럼, 협회로 가자. 일단 가서 준혁이와 이야기를 나누고 결정하자."

"알겠습니다."

연준혁은 영웅에게서 지금 벌어지고 있는 일들을 듣고는 고개를 끄덕였다.

"가능합니다. 전국적으로 통신 안테나가 설치되어 있고요. 주파수도 황금 주파수를 사용하기에 통화 품질도 최상입니다."

가능하다는 말에 한지우의 표정이 환하게 변했다.

"도련님! 가능하다고 합니다!"

"이렇게 사적으로 결정해도 되는 거야? 문제가 없겠어?"

영웅이 연준혁을 걱정하는 말투로 말하자 그가 웃으며 말했다.

"물론, 제 맘대로 하면 문제가 되겠지요. 하지만 다른 각성자들이 쌍수를 들고 환영한다면 이야기가 달라집니다. 잊으셨습니까? 국내를 주름잡는 각성자들이 전부 주군의 휘하에 있다는 사실을 말입니다. 그들이 지지하고 나서는데 어느 누가 반대하겠습니까? 그런 걱정은 하지 않으셔도 됩니다."

그랬다.

세계적인 레전드 등급을 셋이나 수하로 두고 프리레전드와 SSS급의 각성자들이 영웅의 휘하에 존재하고 있었다.

그뿐인가.

천지회와 백호문, 레드 그룹까지 영웅을 따르는 중이다.

"그나저나 주군께서 일반인들을 생각해서 만든 제품이 이런 취급을 받으니 열 받는군요. 제가 앞장서서 그놈들의 콧대를 아주 분질러 버리겠습니다!"

이 반응은 모두 다 같았다.

천민우 역시 당장 쳐들어가 그들을 잘 다진 어육으로 만들겠다고 방방 뛰며 난리를 쳤었으니까.

'아더에게는 절대 말하지 말아야겠군.'

레드 드래곤 아더.

요즘 영웅에 대한 충성심이 나날이 높아져 이제는 거의 광신도 수준의 충성심을 보이고 있었다.

아더가 이 사실을 안다면 그 분노의 브레스가 그 통신사 건물로 날아갈 것이 뻔했다.

그리고 일반인들을 생각해서 만들었다는 것도 사실이 아

니다.

그냥 자신이 편하려고 만든 것이다.

미래 세계에서 스마트폰을 사용하다가 이곳에 이런 거지 같은 제품을 쓰려니 불편해 죽을 것 같았기에 서둘러 제작했을 뿐이었다.

그때 한지우의 품속에서 전화가 울렸다. 한지우는 조심스럽게 그 전화를 받았다.

잠시간 이야기를 가만히 듣던 한지우가 알았다는 말과 함께 전화를 끊고는 영웅에게 말했다.

"라이닉스에도 압박이 들어갔다고 합니다. 우리에게 부품을 절대 제공하지 말라고요."

2중, 3중으로 압박을 가하기 시작하는 통신사들이었다.

그 말에 영웅이 피식 웃으며 말했다.

"라이닉스도 우리 소유인데. 아직 모르나 보지?"

"제가 이곳저곳에 분산해서 투자를 해 놓은 터라 세세하게 파고들지 않는 이상 모를 겁니다."

"그래도 괘씸하네. 최대한 빨리 출시해. 그리고 요금제는 무제한 3만 원 한 가지로 가자."

"네? 그, 그렇게 저렴하게요?"

"저들에게 진짜 돈질이 뭔지를 보여 줘야겠어. 돈으로 싸움을 걸었으니 나도 돈으로 갚아 줘야지."

그러더니 4차원 아공간을 열어 달러 더미와 금덩어리들을 우르르 꺼내어 내놓았다.

순식간에 사무실을 가득 채운 엄청난 양에 한지우와 연준혁이 기가 질린 표정으로 연신 영웅과 꺼내 놓은 것들을 번갈아 보았다.

돈 계산에 귀신이 된 한지우가 말을 더듬으며 말했다.

"어, 얼추 여기에 꺼낸 것만 해도 1백억 달러 정도 돼 보이는데요?"

한지우의 말에 연준혁이 고개를 저으며 정정해 주었다.

"저기 저건 금이 아니오. 가드륨이오. 저 정도 양이면…… 못해도 2백억 달러치요."

가드륨이라는 말에 한지우가 재빨리 고개를 돌려 그것을 바라보았다.

말로만 듣던 전설의 금속이라는 소리에 집중해서 그것을 바라보는 한지우였다.

"저게 가드륨……."

황금보다 더 영롱한 금빛을 뽐내고 있는 금속.

바로, 블랙맘바 금고에서 털어 온 가드륨이었다.

"부족하면 더 말해. 여기 공간이 작아서 얼마 꺼내질 못하겠네."

이게 얼마 꺼내지 못한 양이란다.

연준혁은 이것을 자주 봐서 그런지 그러려니 하고 있었고 한지우는 경악한 표정으로 연신 영웅을 바라보고 있었다.

전에도 보았지만, 다시 보아도 적응이 되지 않았다.

그러다가 이 엄청난 자금으로 자신들을 압박하는 통신사들에게 엿을 먹일 수 있다고 생각하니 갑자기 웃음이 나오는 한지우였다.

"크크큭! 이놈들 다 죽었어!"

그러더니 바닥에 있는 가드륨을 아주 소중히 다루며 연신 키득거리기 시작했다.

한지우의 섬뜩한 모습에 영웅이 연준혁에게 전음으로 조심스럽게 물었다.

―가드륨에 환각 성분이 있는 거 아니지?

엉뚱한 물음에 연준혁은 잠시 멍한 표정을 짓다가 걱정스러운 듯한 표정으로 묻는 영웅과 정말로 환각에 빠진 것처럼 마구 웃는 한지우를 피식 웃으며 바라볼 뿐이었다.

〈초월텔레콤! 일반 시장에 진출하나?〉

〈초월텔레콤, 블랙홀 출시 결정!〉

〈초월텔레콤, 블랙홀 출시와 동시에 3만 원대 무제한 요금제 선포!〉

〈통신 업계의 지각변동이 시작되었다!〉

각성자 전용 통신사였던 초월텔레콤이 모든 통신사에서

외면하던 신개념 휴대폰인 블랙홀을 판매하겠다고 나서면서 언론이 난리가 났다.

사람들은 초월텔레콤의 결정에 쌍수를 들고 환영했고 일반 통신사들은 초비상이 걸렸다.

제아무리 대기업 통신사들이라고 해도 상대는 무려 협회 소속의 통신사였다.

각성자의 힘이 곧 권력이고 힘인 세상에서 각성자 협회는 그야말로 무소불위의 권력을 자랑하는 곳이었다.

그런 곳에서 블랙홀을 출시한 것이라 나서서 뭐라 하지도 못하고 끙끙거리고 있을 뿐이었다.

이들은 새로운 폰, 블랙홀이 얼마나 대단한 폰인지 다들 잘 알고 있었다.

물론, 그 폰으로 인해 자신들의 이득이 얼마나 줄어드는지도 잘 알고 있었다.

그래서 그렇게 악을 쓰며 막으려고 한 것인데 전혀 예상도 하지 못한 곳에서 저것을 출시해 버린 것이다.

발등에 불이 떨어진 통신사들은 눈치 싸움을 시작하였다.

이왕 판매가 시작한 것을 막을 수는 없으니 최대한 저것을 확보해서 자신들의 매장에도 들여놓아야 했다.

〈지엘텔레콤 블랙홀 출시 결정! 동시에 무제한 3만 원 요금제 출시!〉

제일 먼저 지엘텔레콤이 블랙홀을 확보하여 일반 통신사 최초로 세상에 공급하기 시작했다.

초월텔레콤은 아무래도 각성자 위주의 통신사라는 점에서 일반인들은 쉽게 접근하기가 조금 꺼려졌지만, 지엘텔레콤은 아니었다.

사람들은 밤새도록 줄을 서서 매장 앞을 지켰고, 블랙홀은 물량이 들어오는 족족 남김없이 팔려 나갔다.

뒤늦게 사강텔레콤과 국가텔레콤이 블랙홀 회사에 문의하였지만 돌아오는 답변은 불가였다.

지엘텔레콤에 공급이 된 것은 순전히 운이었다.

그곳에는 영웅의 친구, 이시우가 있었고 이시우가 직접 나서서 고개를 숙이고 들어와 부탁했던 것이다.

물론, 영웅이 주인이라는 사실을 전혀 알지 못하고 한 행동이었다. 그저 그룹의 후계자로서 이 일을 해결하고자 직접 나선 것일 뿐이었다.

나중에 이시우가 찾아왔다는 사실을 안 영웅이 피식 웃으며 지엘에는 공급해 주라는 말을 했기에 공급이 들어간 것이다.

그것을 알 리 없는 지엘 그룹은 블랙홀을 확보한 것을 온전히 이시우의 업적으로 삼으며 그를 확실한 차기 후계자로 낙점하는 계기가 되었다.

친구 잘 사귄 덕을 제대로 보는 이시우였지만, 그것을 알지는 못했다.

한편, 사강과 국가텔레콤은 이대로는 물러설 수 없었기에 국내에 있는 핸드폰 제조업체에 긴급 SOS를 보낸다.

물론 핸드폰 제조업체들도 블랙홀의 등장으로 초비상이 걸린 상태였다.

그나마 그 비슷한 제품을 이미 공급하고 있던 칠성전자만 재빠르게 대응할 수 있었지만, 기기의 성능에서 엄청난 차이가 나면서 한국 최대의 전자업체인 칠성전자가 처음으로 국내 휴대폰 판매 순위 부동의 1위에서 2위로 밀려나는 굴욕을 겪는다.

그리고 휴대폰 사태가 벌어져 정신없는 틈에 굿밤이라는 회사가 창립을 한다.

처음에 사람들은 그것을 대수롭지 않게 생각하며 신경을 쓰지 않았다.

그런데 굿밤이 내세운 슬로건이 전국을 들썩이게 했다.

주문하고 편한 밤을 보내십시오. 아침이 되면 고객님의 소중한 물건이 배송되어 있을 것입니다. –굿밤–

이것이 가능했던 이유는 영웅이 전국 주요 위치에 선점해서 지은 매머드급 물류 창고들의 역할이 크게 작용했다.

신선 식품을 보관할 수 있는 신선 보관 센터까지 구비를 한 굿밤은 말 그대로 자정 전에만 주문을 마치면 그다음 날 오전 중에 무조건 배송을 해 주었다.

절대로 12시를 넘기지 않았고 심지어 오전에 주문을 하면 오후에 배송해 주는 획기적인 시스템을 자랑하고 있었다.

순식간에 세상의 물류를 장악하고 사람들의 민심을 얻은 굿밤은 한국 최대의 물류 유통업체가 되었다.

그리고 칠성전자를 무서운 기세로 따라가고 있는 제2의 반도체 기업 라이닉스와 새로운 주인을 만나 다시 태어난 가야자동차, 거기에 새만금 간척지에 엄청난 규모의 건설을 따낸 무신건설이라는 곳까지 나타나면서 한국 경영계는 일대 폭풍이 일어난다.

이 모든 곳에 연관점이 바로 지우금융이라는 사실에 정부와 수많은 기업가가 그곳을 일제히 주시하게 된다.

주시하는 것을 느꼈는지 지우금융은 IT 사업체인 파파야와 대형 연예 기획사까지 설립하면서 폭탄선언을 한다.

〈지우금융, 무신 그룹이라는 사명으로 대기업 체제로 전환!〉

〈충격! 블랙홀, 굿밤, 가야자동차, 라이닉스, 파파야, 무신건설까지 모두 지우금융의 계열사였다!〉

〈젊은 기업가 한지우, 그의 야망은 어디까지인가?〉

〈불과 몇 년 만에 대기업을 만든 천재 사업가. 한지우 그는 누구인가〉

재계의 모든 이들은 한지우라는 젊은 사업가에 모든 이목을 집중하였고, 그의 정체가 밝혀지자 천강 그룹 회장실의 전화기에 불이 나기 시작했다.

강백현은 난데없이 쏟아지는 전화 세례에 정신을 차릴 수가 없었다.

"아니! 그러니까 저도 몰랐다고요! 몇 번을 말씀드립니까? 저희 천강이랑 무신 그룹이랑 암튼, 그곳이랑은 전혀 관련이 없단 말입니다!"

오늘만 벌써 몇 번째 같은 이야기를 하고 있는지 목이 다 아플 지경이었다.

이렇게 말을 해도 사람들은 믿지 않았다.

쾅–!

"이런 샹! 내가 아니라고 몇 번을 말해야 하는 거야! 빌어먹을!"

강백현이 거칠게 전화를 끊으며 분노의 샤우팅을 날렸다.

옆에는 강영민이 근심 어린 표정으로 강백현을 바라보고 있었다.

"아버지, 정말로 한 비서가 만든 회사일까요?"

"모르겠다, 나도. 동명이인인지 아니면 정말로 우리가 아는 그 한 비서인지."

"한 비서가 비서직을 그만둔다고 했을 때 눈치챘어야 했는데……. 설마 이런 능력을 갖춘 인재일 줄은……. 바로 옆에 보석이 있는데 못 알아본 우리가 바보였네요."

"하아……. 정말로 우리가 아는 그놈이라면 네 말이 맞지. 바로 옆에 천금을 주고도 못 살 보물이 있었는데 말이다. 그 짧은 기간에 그룹까지 만들 정도의 능력자였다니."

"제가 한번 가서 만나 보고 올까요? 진짜로 우리가 아는 한 비서라면 저를 박대하진 않을 겁니다."

강영민의 말에 강백현이 잠시 생각을 하더니 이내 고개를 끄덕이며 말했다.

"하아……. 부탁 좀 하마."

강백현의 허락이 떨어졌으니 지체할 필요가 없었다.

"그럼 지금 당장 만나고 오겠습니다."

서둘러 나가는 아들을 굳이 잡지 않는 강백현이었다.

그 누구보다도 이 일의 진실이 궁금한 사람은 바로 그였으니까.

"이제 정말로 세상에 주군을 알리시는 것이 어떻습니까?"

한가로이 차를 마시는 영웅에게 천민우가 조심스럽게 제안을 했다.

천민우뿐 아니라 그곳에 있는 모든 이들이 고개를 끄덕이며 영웅을 바라보았다.

하지만 돌아온 답변은 거절이었다.

"아니야. 굳이 내가 나설 필요 있겠어? 지금도 잘 돌아가고 있는데. 당분간은 그저 뒤에서 지켜보는 것으로 만족하지."

"주군께서는 최고의 자리에 관심이 없으십니까? 주군께서 나서신다고 하면 저희가 있는 힘을 다해 주군을 세계 최고의 기업가로 만들어 드릴 수 있습니다."

"최고라……."

영웅이 손에 든 차를 내려놓으며 사람들을 바라보며 말했다.

"여기서 더? 이미 내가 최고 아닌가? 응?"

오히려 황당한 표정으로 되묻는 영웅이었다.

"기업 이런 것은 그저 유흥일 뿐이야. 그리고 너희들이 없었다면 지구상의 평화를 지킨답시고 똥줄 빠지게 돌아다녔겠지만……. 지금은 이렇게 든든한 내 사람들이 있잖아. 그런데 굳이 뭐 하러 여기서 더 올라가려고 해, 힘들게. 나중에 너희가 힘에 부칠 때 그때 나서는 것으로 족하다."

'노는 것이 최고지. 내가 미쳤지. 괜히 일을 벌여 놔서는……. 한 비서, 미안. 대신 어려운 일이 생기면 내가 무조건 도와줄 테니 걱정하지 마.'

이 자리에 없는 한지우에게 마음속으로 미안함을 전하며 사람들에게 대충 둘러댔다.

영웅은 귀찮아서 그냥 대충 둘러댔지만, 그것을 듣는 사람들은 감동하고 있었다.

'세상만사에 초월하신 분.'

'우리를 걱정해 주시는구나. 허허.'

'저분의 곁에 있다는 것만으로도 이렇게 마음이 안정되다니…….'

각자 영웅의 말을 다르게 해석하며 자신들만의 상상 속으로 빠지고 있었다.

"일단은 한지우를 회장 자리에 앉혀. 한 비서, 아니 한 회장이라면 알아서 잘할 거야."

"알겠습니다."

"주군, 이제 웜홀에는 관심이 사라지신 겁니까?"

"웜홀? 흠……. 들어가 보긴 해야 하는데. 저번에 저놈이 튀어나오는 바람에 경험을 못 했었지?"

그러면서 한쪽에 자리를 잡은 채 케이크를 정신없이 먹고 있는 아더를 가리켰다.

요즘 케이크가 푹 빠져 사는 아더였다.

드래곤 생에 이렇게 맛있는 음식은 처음이라며 질리지도 않는지 쉬지도 않고 입에 밀어 넣고 있었다.

"화이트 웜홀과는 다르게 언제든지 이동할 수 있으시니, 편한 마음으로 그저 즐기다 오시면 됩니다."

"하긴, 화이트 웜홀처럼 입구를 굳이 안 찾아도 된다고 했지?"

"그렇습니다."

연준혁과 영웅의 대화에 리차드가 화들짝 놀라며 끼어들었다.

"와, 왓? 자, 잠깐만요! 지, 지금 뭐라고 하셨습니까?"

"뭘 말입니까?"

"바, 방금 화이트 웜홀이라고 말씀하셨는데……. 말씀하시는 투가…… 들어갔다가 나온 그것처럼 말씀들을 하고 계셔서……."

리차드가 두 눈을 동그랗게 뜬 채 진실을 요구하고 있었다.

"그래, 들어갔다 왔다. 그것도 두 군데나. 저기 저 두 놈과 여기 천지회주를 데리고 나왔지."

"허허허. 아직도 저는 그때 주군께서 저를 구하러 오신 것을 잊지 못하고 있습니다. 소신은 정말…… 평생 주군의 견마가 될 것입니다. 허허허."

"저희도 마찬가지입니다! 주군!"

그들의 말에 리차드의 눈이 더욱더 커졌다.

"이, 이분들이 화, 화이트 웜홀에서 돌아온 생존자들이라고요? 그, 그리고 그것을 마, 마스터께서 행하신 일이라고요? 제, 제가 지금 들은 것이 맞습니까?"

리차드의 말에 연준혁이 고개를 끄덕이며 답해 주었다.

"맞습니다. 주군께서 직접 들어가셔서 이분들을 구조해

나오셨지요.”

연준혁의 그 말에 리차드는 연신 영웅과 차태성, 임시혁과 천지회주를 번갈아 바라보며 믿을 수 없다는 표정을 지었다.

“어, 언빌리버블! 마, 말도 안 됩니다! 그, 그곳에서 빠져나온 사, 사람들이 있다는 것이…….”

믿지 못하는 리차드에게 화이트 웜홀의 특수성에 대해 상세하게 설명해 주는 연준혁이었다.

처음에는 말도 안 된다며 연신 중얼거리던 리차드의 표정이 점차 진중해지며 이내 연준혁의 이야기에 깊이 빠져들었다.

“……그러니까 종합해 보면 또 다른 나와 신체 자체가 바뀐다는 소리라는 거죠?”

“그렇습니다.”

“그럼 그곳에 있던 나의 도플갱어는 어찌 되는 겁니까? 영영 사라지는 겁니까?”

리차드의 질문에 연준혁이 고개를 저으며 말했다.

“지금까지 연구한 바로는 그것은 아닌 것 같습니다. 화이트 웜홀에 들어가기 위해서는 각성자의 은총뿐 아니라 한 가지 조건이 더 부합되어야 입장이 되더군요.”

“한 가지 조건이요?”

리차드가 고개를 갸웃거리며 묻자 연준혁이 고개를 끄덕

이며 대답했다.

“네! 그것은 바로 화이트 웜홀 속의 또 다른 내가 죽었을 때……. 그의 몸과 바뀌는 것으로 확인되었습니다. 화이트 웜홀 속 세상의 또 다른 내가 멀쩡하게 건강하다면 입장이 되질 않는 것이죠.”

“그, 그런 법이…….”

“인과율의 법칙인 것 같습니다. 그곳에 가려면 그곳에 있는 이가 이미 죽었거나 죽어 가고 있거나 아니면 죽는 바로 그 순간이거나.”

“그렇다면 몸이 바뀌는 것이 아니라…….”

“네, 맞습니다. 그곳에 있는 누군가가 사라진 상태여야 입장이 가능한 것이죠.”

“그런 거지 같은 웜홀이 다 있다니…….”

“원래 웜홀이 생겨난 것 자체가 말이 안 되는 것이라, 저희도 그러려니 하고 그냥 생각하고 있을 뿐입니다.”

연준혁에게 화이트 웜홀에 대한 설명을 다 듣고 그 화이트 웜홀에서 나올 수 있는 유일한 방법이 영웅이라는 말에 리차드는 영웅을 바라보았다.

그의 눈빛은 무언가를 원하는 눈빛이었고 그것을 본 영웅이 물었다.

“왜? 너도 화이트 웜홀 속에 아는 사람이라도 들어갔어?”

영웅이 그의 눈빛을 읽고는 물었다.

그러자 리차드가 조심스럽게 고개를 끄덕였다.

"시, 실은 제 수하 놈들이 그 안으로 들어간 상태입니다. 소식이 없어 추가적으로 여럿을 안으로 들여보냈고 그마저도 소식이 없어 제가 들어가려고 마음먹고 있었던 참입니다."

그러고는 영웅에게 고개를 숙이며 간곡하게 부탁을 했다.

"마스터! 도와주십시오! 정말로 연 협회장이 말한 세상이라면 제가 간다고 해도 방법이 없습니다. 마스터! 제발 도와주십시오!"

리차드의 애원에 영웅이 그를 일으켜 세우며 말했다.

"내가 말하지 않았었나?"

영웅의 말에 리차드의 동공이 흔들렸다.

이제는 안 된다고 말하려는 것인가?

아니면 무언가 조건이 더 있는 것인가?

긴장하며 침을 꿀꺽 삼키는 리차드에게 영웅이 미소를 지으며 말했다.

"내 사람들 부탁은 들어준다고. 나만 믿어. 구해 줄 테니까."

영웅의 말에 리차드는 눈에 눈물이 방울방울 맺히기 시작했다.

부탁을 들어준다는 말에 감동을 받은 것이 아니라 내 사람이라는 말에 감동을 받은 것이다.

자신을 수하로 인정하지 않을까 봐 조마조마하며 여태껏

보냈는데, 영웅이 내 사람이라고 말하니 감격한 것이다.
"가, 감사합니다."
리차드가 고개를 숙이며 감사 인사를 하자 그의 등을 토닥였다.
그때 아더가 손을 들며 말했다.
"주인! 나, 나도! 나도 갑니다! 주인 따라갑니다!"
아더의 말에 영웅이 고개를 들어 그를 바라보았다.
'인간이 아닌데……. 가능한가?'
아더가 같이 가 준다면 그것만큼 편한 것도 없을 것이다.
이곳에 있는 모든 인간들을 다 합쳐도 아더보다 강하고 아더보다 효율성이 뛰어난 사람은 없었다.
그만큼 아더는 이미 영웅에게 없어서는 안 될 존재로 자리잡아 가고 있었다.
문제는 아더는 인간이 아니라는 점이었다.
심지어 각성 인간도 아니었다.
각성자의 은총이 아더에게 효과가 있을지도 모를 일이었고, 그것을 입는다고 해도 화이트 웜홀을 통과할 수 있을지도 확실하지 않았다.
영웅은 아더를 바라보며 그동안 의문을 가지고 있던 한 가지를 테스트하기로 마음먹었다.
'이것만 성공한다면 굳이 힘들게 모일 필요가 없어지겠지.'

영웅이 생각하고 있는 그 한 가지 테스트는 바로 아더를 4차원 공간에 넣은 채로 화이트 웜홀을 통과하는 것이다.

'하지만 그 전에 동물로 먼저 테스트를 해 봐야겠지.'

한지우는 갑자기 와서 자신에게 핵폭탄급 발언을 한 영웅을 바라보며 펄쩍 뛰고 있었다.

"도련님! 그게 무슨 말씀이십니까? 저더러 회, 회장을 하라니요!"

"말 그대로야. 무신 그룹 회장 하라고."

"아, 아니 그걸 왜 제가 합니까? 그 자리는 엄연히 도련님 자리입니다! 제, 제가 감당할 수 있는 자리가 아니란 말입니다!"

리차드의 부탁을 들어주기 위한 준비를 하기 전에 자신이 벌여 놓은 일을 어느 정도는 매듭을 지어 놓고 가야겠다고 생각한 영웅은 한지우를 찾아와 회장 자리에 앉으라고 말했다.

물론, 한지우는 펄쩍 뛰면서 말도 안 되는 소리라며 극구 반대했다.

"하아, 나는 아직 마음의 준비가 안 되어 있어. 그러니 내가 마음의 준비가 될 때까지 우리 한 회장님께서 자리 좀 잘 지켜 주고 계시지요?"

"도, 도련님! 아, 안 된다니까요! 안 그래도 강 회장님이 만나자고 계속 연락이 오는데 이건 어찌합니까? 네? 제, 제발 저 좀 살려 주십시오!"

"아버지가?"

"네! 저, 저 때문에 골치가 아파 죽겠다며 만나자고 하십니다."

"잘됐네. 회장 자격으로 만나면 되겠네."

"네에? 도, 도련님! 아, 아니 무신 그룹은 순전히 도련님의 자금과 도련님의 아이디어와 도련님의 신급에 가까운 선견지명과 그 뒤에 계신 짱짱한 분들의 힘으로 만들어진 기업입니다! 그런데 왜 자꾸 저에게 회장을 하라고 하시는 겁니까!"

한지우가 울먹이며 말하자 영웅이 그에게 어깨동무하며 세상 다정한 말투로 말했다.

"나는 그저 발판만 마련해 준 거지. 그 뒤에 있는 세세한 것들은 전부 우리 한 회장이 한 거잖아. 나는 그런 능력이 없어요. 그래서 그 능력을 크게 신용하는 거야. 나보다 그 자리는 우리 한지우 회장님이 더 잘 어울리지. 나는 뒤에서 든든한 버팀목이 되어 줄 테니 마음껏 활보해 봐. 하고 싶은 사업도 다 해 보고."

영웅의 말에 한지우의 표정이 서서히 풀리기 시작했다.

"저, 정말로 저를 믿어서 그러시는 겁니까?"

"응! 내가 가장 신뢰하는 사람이 우리 한지우 회장님이신데."

"나, 나를 가, 가장 신뢰……한다."

영웅의 말에 한지우의 동공이 서서히 풀리기 시작했다.

자신을 가장 신뢰한다는 말에 황홀한 기분을 느끼고 있는 것이다.

그 모습에 영웅이 속으로 쾌재를 부르며 마지막 쐐기를 박아 넣었다.

"물론, 부담스럽다고 하면……. 어차피 나는 안 할 거니까 다른 사람을 찾아봐야겠지……. 하아. 그런데 다들 영 믿음이 안 가서……. 내 오른팔인 한지우가 안 하면 누가 하나……."

'오른팔……. 오른팔……. 오른팔…….'

영웅이 유독 강조한 오른팔이라는 단어가 한지우의 머릿속에서 환상처럼 맴돌았다.

"어쩔 수 없지……. 싫다는 사람한테 억지로 맡기는 것도 좀 아니다. 그렇지?"

영웅의 말에 한지우의 몽롱했던 눈빛이 재빠르게 원상 복구 되며 굳센 눈빛으로 변했다.

"무슨 말씀이십니까! 이 '오른팔' 한지우가 맡겠습니다! 도련님의 가장 충성스러운 충복! 이 '오른팔' 한지우가 아니면 누가 이 거대한 기업을 운영하겠습니까! 반드시 무신 그룹을 세계 최고의 기업으로 키워 놓겠습니다!"

한지우의 눈에서 불꽃이 일어날 것 같은 착각이 들 정도로 활활 타오르고 있었다.

이 일을 계기로 각성한 한지우로 인해 무신 그룹은 머지않아 부동의 세계 1위 기업이 된다.

아무튼, 성공적으로 한지우를 설득한 영웅은 열정이 과하게 넘치는 한지우를 보며 살짝 걱정했지만, 상황이 상황인 만큼 그냥 넘어가기로 했다.

일단 가장 큰 문제인 기업 경영에 대한 건을 해결한 영웅은 곧바로 협회로 달려가 돼지 한 마리를 4차원 공간에 넣고 화이트 웜홀 속으로 들어갔다.

결과는 성공이었다.

그 뒤에 아더를 4차원 공간에 넣고는 통과해 보았고 그 역시 성공이었다.

이제 리차드가 말한 화이트 웜홀을 통과한 후에 돌아오는 길을 찾아 다시 아더를 데리고 들어가면 되는 것이다.

아더뿐 아니라 필요한 사람이 있다면 언제든지 그들도 데리고 들어갈 방법이 생긴 것이다.

그냥 처음부터 4차원 공간에 넣고 들어가면 되는 것이 아니냐고 할 수도 있다.

그러나 그것은 확실치 않은 방법이고, 100% 무사히 통과된다는 보장도 없었기에 이 방법을 선택한 것이다.

모든 준비가 끝난 영웅은 리차드를 따라 유럽 각성자 협회가 있는 장소로 날아갔다.

아더가 항상 영웅의 곁에서 주변을 날카로운 눈으로 감시와 경호를 하고 있었다.

굳이 그러지 않아도 된다고 몇 번을 말렸지만 듣지 않고 자기 하고 싶은 대로 하는 아더였다.

자기가 하고 싶다는데 뭐 어쩌겠는가.

강제로 시킨 것도 아니고 그냥 하고 싶은 대로 하라고 내버려 두었다.

아더는 최근에 영화라는 신기한 세상에 빠져 있었고, 그중에서 가장 감명 깊게 본 영화가 바로 보디가드였다.

'내가 반드시 지킨다! 주인은 내가 지킨다!'

이렇게 다짐하며 이글거리는 눈으로 연신 주변을 스캔하는 아더였다.

그런 자세한 내막을 알 리가 없는 리차드는 연신 영웅을 보며 감탄하고 있었다.

'과연 마스터시다. 저 드래곤에게 저런 충성심을 보이게 만드시다니. 허허허, 이거 내가 말년에 무슨 복이 있어 저렇게 대단하신 마스터를 모시게 되었을꼬. 허허허.'

이런저런 생각을 하던 도중, 세 사람은 유럽 각성자 협회에 도착했다.

협회 정문에서 경비를 하고 있던 각성자가 리차드를 알아보고는 한걸음에 달려와 그에게 인사를 했다.

"헉! 리, 리차드 님이 아니십니까? 어, 어서 오십시오!"

그의 환대에 리차드가 고개를 끄덕이며 말했다.

"협회장, 안에 있지?"

"네! 제가 지금 당장 연락하겠습니다."

그의 말에 리차드가 고개를 끄덕이며 자신의 뒤에 있는 영웅과 아더를 가리키며 말했다.

"아주 중요한 손님들이네. 나를 대하듯이 대해야 할 것이야."

"알겠습니다!"

영웅과 아더에 대해 신신당부를 한 뒤에 자신이 아는 협회장실로 영웅과 아더를 대동하고 향하는 리차드였다.

협회장실 앞에 도착하자 그곳을 지키던 또 다른 경호원들이 리차드를 알아보고는 달려와 인사를 했다.

"어서 오십시오!"

"협회장님께서 기다리고 계십니다!"

리차드가 고개를 끄덕이며 들어갔고 그 뒤를 영웅과 아더가 따라 들어가려 하자 경호원들이 막아섰다.

"죄송하지만 안 됩니다. 리차드 님만 들어가실 수 있습니다."

경호원은 자신의 말이 끝남과 동시에 등 뒤에서 엄청난 살기가 느껴졌다.

화들짝 놀라 뒤를 돌아보니 리차드의 눈빛이 살벌하게 변한 채로 자신을 노려보고 있었다.

"왜, 왜 그러십니까?"

"감히! 누구에게 그런 무례를 범하는 것이냐!"

영웅이 리차드가 모시는 사람이라는 것을 알 리가 없는 경호원은 분노한 리차드를 맞이하며 그 자리에 주저앉았다.

레전드가 내뿜는 살기였다.

경호원 역시 SS급의 각성자였지만 그가 견딜 수 있는 수준이 아니었다.

사방팔방으로 뻗친 살기에 놀랐는지 협회장실에서 유럽 각성자 협회장이 놀란 눈을 한 채로 뛰쳐나왔다.

엄청난 살기에 협회에 누군가가 쳐들어온 줄 알고 긴장하고 나왔는데, 자신의 눈앞에는 침입자가 아니라 유럽을 대표하는 레전드 등급 리차드가 서 있었다.

협회장은 이게 무슨 상황인지 파악할 겨를도 없이 곧바로 리차드에게 달려가 말했다.

"리, 리차드 님! 고, 고정하시지요."

협회장이 재빨리 나서서 리차드를 말리고 나섰다.

"이, 이들이 무슨 겨, 결례를 저질렀는지는 몰라도 전부 다 제 불찰입니다. 부디 저를 보아서 제발 용서해 주시길 바랍니다."

과연 유럽이라는 엽합체의 모든 각성자들을 이끄는 협회

장다웠다.

협회장의 말에 리차드는 살기를 거둬들이며 영웅을 가리키며 말했다.

“분명히 내가 귀한 분이고 나를 대하듯이 하라고 전달했을 텐데?”

“저, 전달받았습니다. 제, 제가 경호원들에게 전달을 못 했습니다. 전부 다 제 불찰입니다. 이들에겐 잘못이 없습니다. 그러니 저를 벌하시고 저들은 용서하시지요.”

협회장이 거듭 용서를 빌며 말하자 리차드가 그제야 표정을 풀면서 말했다.

“다시 한번 말하네. 저기 저분들에게 무례를 범하지 마시게. 알겠는가?”

“네? 네! 아, 알겠습니다.”

확답을 받고 나서야 분노가 가라앉았는지 그제야 평소의 평온한 표정으로 돌아온 리차드였다.

한편, 유럽 각성자 협회의 협회장 아몬드는 리차드의 분노한 표정을 처음 보았다.

아니, 본 적은 있었지만 이렇게까지 극대로를 한 적은 한 번도 없었다.

‘저자들이 도대체 누구길래 이분께서 이리도 예민하게 구신단 말인가.’

궁금했지만 지금은 참아야 했다.

"자 자, 이, 일단은 제 방으로 들어가시지요."

아몬드의 말에 리차드가 고개를 끄덕이며 뒤에 있는 영웅에게 말했다.

"들어가시지요."

리차드의 말에 영웅이 고개를 끄덕이며 앞장서서 들어갔다.

그 장면에 아몬드가 또다시 놀란 표정으로 영웅을 바라보았다.

'이, 이게 무슨? 저, 저분이 저리도 극진하게 대하는 사람이라고?'

이해가 가질 않았다.

딱 봐도 각성자로 보이지 않는 평범한 인간인데 신이라 불리는 능력을 지닌 레전드급 각성자인 리차드가 저리도 극진하게 대하다니.

심지어 뒤따라 들어가던 붉은 머리의 청년은 리차드에게 막말까지 했다.

"너 조심해라. 오늘은 별말씀이 없으니 그냥 넘어가지만 한 번만 더 살기를 내뿜으면 가만두지 않을 거다."

"허허, 알겠습니다. 조심 또 조심하겠습니다."

새파랗게 어린 녀석이 저리 말하는데도 리차드는 그것을 당연하게 받아들이며 허허거리고 넘어갔다.

말도 안 되는 광경에 놀란 눈으로 그것을 우두커니 바라만 보는 아몬드였다.

"자네 거기서 뭐 하는가? 어서 오지 않고."

"네? 네네!"

리차드의 말에 그제야 놀란 표정을 접고 따라 들어가는 아몬드였다.

방에 들어와서도 아몬드는 정신을 차릴 수가 없었다.

리차드가 누가 봐도 어려 보이는 두 사람에게 여전히 극진한 자세를 유지하고 있었기 때문이었다.

다시 봐도 믿어지지 않는 장면 때문에 아몬드는 이러지도 저러지도 못한 채 서성거렸다.

리차드는 아몬드가 왜 저러는지 짐작이 가기에 그에게 손짓을 하면서 불렀다.

"뭐 하고 있는 건가. 이리 와 앉게."

"네! 아, 알겠습니다."

아몬드가 조심스럽게 자리에 앉아 리차드가 기다렸다는 듯 그를 소개했다.

"소개하겠습니다. 저 사람은 유럽 각성자들을 총괄하고 있는 유럽 각성자 협회의 협회장 아몬드라고 합니다. 인사드리게."

리차드의 소개에 아몬드가 동공을 이리저리 굴리며 조심스럽게 인사를 했다.

"처, 처음 뵙겠습니다. 저, 저는 리차드 님이 말씀하신 대로 유, 유럽 각성자 협회장 아몬드 페레이라라고 합니다.”

“반갑습니다. 강영웅이라고 합니다.”

“나는 아더라고 한다.”

아몬드가 조심스럽게 둘에 관해 물었다.

“시, 실례지만 각성자 등급이 어찌 되시는지 여쭤봐도 되겠습니까?”

아몬드가 조심스럽게 묻자 영웅이 웃으며 말했다.

“저는 일반인입니다.”

그에 옆에 있던 아더도 대답했다.

“나도 굳이 따지자면 일반인(?)이라고 할 수 있지.”

둘의 대답에 아몬드는 자신의 짐작대로 둘은 각성자가 아님을 알아냈다.

문제는 왜 이런 평범한 일반인을 저 위대한 레전드 각성자가 극진히 모신단 말인가.

세상 그 누구도 리차드를 저리 대하지 못한다.

그 어떤 부자도, 그 어떤 권력자도 리차드에게 의미가 없었다.

그 자체가 권력이고 그 자체가 부자나 다름없으니 말이다.

“그, 그럼 리차드 님과는 어떤 관계이신지…….”

아몬드의 말에 아더가 답해 주었다.

“주인의 수하다.”

“네?”

아더의 말에 아몬드가 자신이 잘못 들었나 싶어 되물었다.
"인간, 귀가 잘 안 들리나? 주인의 수하라고. 수하 몰라?"
"그……. 저기 밖에 대기하고 있는 애들 같은 수하 말입니까? 아랫사람?"
"그래, 이해했으면서 되묻는 것은 나쁜 버릇이다."
아더의 말에 아몬드가 리차드를 바라보며 이게 정말이냐는 표정을 지었다.
그 모습에 리차드가 빙긋 웃으며 고개를 끄덕였다.
"컥! 지, 지, 진짜……입니까? 지, 지금 고개를 끄, 끄덕이신 의미가…… 그, 긍정을 뜻하시는 겁니까?"
"그렇다네. 나는 저분의 종이네."
"네?"
오히려 한술 더 떠서 자신은 저기 앉아 있는 남자의 종이라고 당당하게 말하고 있었다.
아무래도 뭔가가 이상하다고 느낀 아몬드가 주변을 둘러보았다.
'무슨 몰래카메라 같은 건가?'
눈에 최대한 힘을 주고 구석구석 주변을 살피며 카메라를 찾는 아몬드였다.
몰래카메라가 아니고서는 지금 이 상황이 설명되지 않았으니까.
하지만 아무리 둘러보아도 카메라는 보이질 않았다.

그제야 이것이 현실이라는 생각에 천천히 고개가 리차드를 향해 돌아가는 아몬드였다.

"이, 이게 진짜라고요? 이걸 지금 저에게 믿으라는 겁니까?"

아몬드가 재빨리 일어나 거리를 벌리며 그들을 경계하며 바라보았다.

특히 리차드를 집중적으로 바라보았다.

"누구냐! 환술이더냐? 감히 내가 누군지 알고 이딴 짓을 저지른단 말이냐!"

몰래카메라도 아니니 이제 남은 것은 하나뿐이었다.

자신과 같은 급의 환술 능력자가 펼치는 환술.

오로지 그것만이 이 상황을 설명할 수 있었고, 아몬드는 그것이 진실이라고 확신했다.

자신이 아는 리차드는 자존심이 강한 인물이었으며 죽으면 죽었지, 절대로 남의 아래에 있을 인물이 아니었다.

아몬드는 언제든 자신의 기술을 출수할 준비를 하고 세 사람을 노려보았다.

그때 순식간에 그의 앞으로 달려 나오는 한 인물이 보였다.

바로 아더였다.

자신에게 살기를 내뿜자 곧바로 몸이 반응했고 이렇게 눈 깜박할 시간에 제압한 것이었다.

아몬드 역시 움직이는 아더를 보고 재빨리 대응하려 했지만 그게 기억 전부였다.

쿵-!

자신이 어찌 당했는지도 모른 채 바닥에 쓰러져 기절한 아몬드를 바라보며 리차드는 이마를 짚었다.

"아, 내가 먼저 언질을 주고 왔어야 했는데……."

정신을 차린 아몬드에게 리차드는 그간의 일들을 상세히 설명해 주었다.

그 이야기들을 들은 아몬드는 두려움 가득한 눈빛으로 연신 아더와 영웅을 바라보고 있었다.

"저, 정말로 리차드 님을 이긴 분이 맞습니까?"

아몬드의 질문에 영웅이 고개를 끄덕였다.

사실 자신이 이긴 것이 아니라 아더가 가볍게 밟아 준 것이 더 정확했지만, 굳이 여기서 그것을 일일이 설명해 줄 필요성을 느끼지 못했다.

아몬드는 여전히 믿기지 않는다는 표정이었지만 어쩌겠는가.

이것이 환상이 아닌 현실이라는 것을 깨달았으니 받아들이는 수밖에 없었다.

프리레전드인 자신을 단 한 수에 제압하는 것은 레전드 등급인 리차드도 불가능한 일이었다.

그런 자신을 어찌 당했는지도 모르게 제압당했고 그런 강자도 저기 앉아 있는 영웅을 따르고 있었다.

작게 한숨을 쉬며 고개를 끄덕이며 아몬드가 입을 열었다.

"현실이 맞군요. 후우."

아몬드의 말에 리차드가 부연 설명을 해 주었다.

"그래도 다행이네. 자네가 이렇게 받아들여 주어서. 받아들이지 않았다면……."

마지막 말을 흐리며 힐끗 아더를 곁눈질로 보는 리차드였다.

"이 몸이 이곳을 통째로 날려 버렸겠지."

사악한 미소를 지은 아더가 아몬드에게 리차드가 차마 하지 못한 말을 해 주었다.

"미안하네. 내가 먼저 언질을 주고 왔어야 했는데. 생각이 짧았네. 이곳에 와서 설명해도 충분할 것이라 착각했어."

리차드의 거듭된 사과에 마음이 어느 정도 풀린 아몬드가 옅은 미소를 지으며 말했다.

"아닙니다. 미리 말씀을 하셨다면 저는 그 말을 절대로 믿지 않았겠지요. 때론, 이런 충격적인 방법이 더 확실하게 먹히는 법이지요. 저처럼 이렇게 확실하게 깨닫게 말이죠."

"그리 생각해 주니 고맙네."

리차드의 말에 아몬드가 고개를 끄덕이며 물었다.

"그건 이제 넘어가시고……. 여기에 오신 목적이 있을 텐데요? 목적도 없이 저분들을 모시고 이렇게 갑작스럽게 오시진 않았을 테고……."

"탐색 7조원들……. 그들을 무사히 귀환시킬 수 있는 방법을 찾았네."

리차드의 말에 아몬드의 동공이 급격하게 커졌다.

"그, 그게 정말입니까?"

"그렇다네. 저분들을 모시고 온 이유가 바로 그것이지."

리차드의 말에 영웅과 아더를 바라보며 물었다.

"그, 그럼 저분들은 그 저주받은 웜홀을 마음대로 오갈 수 있다는 말입니까?"

"오로지 나의 마스터만 가능하시지. 내가 저분을 모시고 온 가장 큰 이유가 그것이네."

리차드의 말이 끝나기가 무섭게 아몬드가 영웅을 향해 달려가 그의 손을 붙잡으며 말했다.

"저, 정말입니까? 저, 정말로 그 저주받은 화이트 웜홀에서 살아 나오신 것이 맞습니까?"

아몬드는 정말로 간절한 표정으로 영웅을 바라보며 물었다.

"맞습니다. 두 곳이나 들어갔다 나왔으니 확실합니다."

"그, 그럴 수가……. 그, 그럼 제, 제발 부탁 좀 드리겠습니다! 그곳에 들어가서 행방이 묘연한 저희 애들 좀 찾아 주십시오! 워, 원하시는 것이 있다면 무엇이 되었든 다 들어드리겠습니다. 그러니 제발 부탁드리겠습니다."

의외로 아몬드는 정말로 절박하고 간절한 표정으로 애원하고 있었다.

그 모습에 리차드가 고개를 갸웃거리며 물었다.

"왜 그리 격정적으로 반응하지? 혹시 가까운 지인이라도 그곳에 들어간 것이냐?"

"지, 지인이 아니라…… 제 친동생 놈이 들어가기로 했던 수하 중 하나의 모습으로 변장하고 그들 틈에 끼어 들어갔습니다. 그렇게 안 된다고 말렸는데……. 이놈이…… 저를 속이고……."

"자네의 친동생이? 아니, 왜 나에게 말을 안 했나. 아니군……. 나에게 말했어도 상황이 달라지는 것은 없었겠지……."

화이트 웜홀은 유럽에서 악마의 웜홀로 불리고 있었다.

조사하러 들어간 사람들 중 단 한 명도 돌아온 자가 없었고, 그들을 찾으러 수색대를 보냈지만 그들 역시 돌아오지 못했다.

그에 화이트 웜홀을 가장 강력하다는 보라색 웜홀과 동급으로 지정하고 특별 관리를 하고 있었다.

한국에 있는 화이트 웜홀 같은 경우는 생성된 지 얼마 되지 않은 것이라 연준혁이 그 정도까지 생각하진 않았었지만, 유럽은 달랐다.

생성된 지도 오래되었고 그곳으로 투입된 인원도 상당했다.

마지막 사람이 들어가고 또다시 소식이 없자 결국 포기하고 화이트 웜홀 자체를 봉인해 버렸다.

화이트 웜홀이 있는 곳 전체를 거대한 돔 형태의 두꺼운 두께의 콘크리트로 덮어 버린 것이다.

핵폭탄을 직격으로 맞아도 이상이 없을 정도로 튼튼하게 만들었고, 들어가는 입구는 겨우 사람 하나 통과할 정도의 좁은 통로로 만든 것이 다였다.

곳곳에는 CCTV가 24시간 감시하고 있었고, 작은 진동만 울려도 바로 경보가 울리게끔 조치되어 있었다.

그야말로 철벽을 치고 그 누구도 접근할 수 없도록 완전 밀폐를 시켜 둔 것이다.

그 후로 새로이 생성되는 화이트 웜홀들은 아예 사람 자체가 접근을 못 하게 입구도 만들지 않고 콘크리트로 완전히 막아 버렸다.

그리고 아몬드는 그곳에 들어간 대원들과 친동생의 장례식까지 마치고 조금씩 잊어 가고 있던 참이었다.

그렇게 희망을 버리고 괴로운 현실을 받아들이고 있던 그에게 오늘 희망의 목소리가 들린 것이다.

바로 눈앞에 있는 청년, 영웅.

그가 화이트 웜홀에서 살아 나온 생존자였고 심지어 안에 들어가 행방이 묘연해진 사람들을 구조해서 나오기까지 했다는 말에 아몬드의 눈은 뒤집혀 버렸다.

그의 눈에선 눈물이 연신 샘솟고 있었다.

자신의 동생을 다시 볼 수 있을지도 모른다는 기적.

그 기적은 오로지 자신의 눈앞에 있는 영웅만이 줄 수 있는 것이었다.

"제발! 무엇을 원하든 다 들어드리겠습니다! 제발!"

아몬드의 말에 영웅이 일어나 그를 일으켜 세우며 말했다.

"그들을 구하기 위해 이곳에 온 것입니다. 최선을 다해 찾아볼 테니 진정하세요."

"가, 감사합니다! 감사합니다!"

아몬드가 연신 감사의 인사를 하고는 벌떡 일어나 책상 쪽으로 걸어가더니 전화기를 들었다.

"7성급 호텔에서 가장 비싸고 좋은 방으로 당장 예약해! 그리고 유럽 최고의 숙수들을 모조리 불러서 전 세계의 모든 음식을 모조리 만들라고도 해! 당장! 곧 우리 협회 역사상 가장 귀한 분을 모시고 갈 테니."

그리 전달하고는 다시 뒤돌아서서 영웅을 향해 세상 공손한 자세로 말했다.

"일단 오늘은 제가 대접을 하겠습니다. 오늘은 푹 쉬시고 내일 제가 웜홀이 있는 곳으로 안내해 드리겠습니다."

"고맙습니다."

영웅이 조금의 머뭇거림도 없이 받아들이자 아몬드의 입가에 미소가 생겨났다.

영웅이 이대로 떠날까 봐 불안했던 마음이 방금 저 대답으로 인해 모조리 날아가 버렸다.

영웅도 아몬드가 이러는 이유를 짐작하고 있었기에 고민 없이 대답한 것이었다.

영웅은 정말로 감동을 받을 정도로 극진한 대접을 받았다.

아몬드는 처음부터 끝까지 영웅의 곁에서 그를 수행했고, 그가 조금의 불편함이라도 없게끔 최선을 다해 그를 보좌했다.

세상 극진한 대접을 받은 다음 날, 영웅은 정말로 개운한 표정으로 아몬드를 따라 화이트 웜홀이 있는 장소로 향했다.

차를 타고 이동하는데 저 멀리 정말로 거대한 콘크리트 산이 눈에 들어왔다.

고개를 완전히 꺾어서 위를 바라봐야 할 정도로 높은 콘크리트 산에 영웅은 할 말을 잊었다.

"아니, 이렇게까지 만들 필요가 있습니까?"

아무리 봐도 이건 좀 과해 보였기에 영웅이 물었다.

"혹시 모를 일에 대비하기 위함입니다. 워낙에 베일에 가려진 웜홀이기에 무엇이 튀어나와도 이상한 일이 아니잖습니까? 보라색 웜홀처럼 재앙급 몬스터가 튀어나올 수도 있고요. 사실 이것도 부족하다고 생각하고 있었습니다."

아몬드의 말에 영웅이 고개를 끄덕였다.

자신은 저 안의 세상이 무엇인지 알기에 이렇게 말하지만, 아몬드는 아니었다.

인류를 멸망에 이르게 할 정도로 위험한 보라색 웜홀.

보라색 웜홀은 위험하다는 것을 잘 알기에 대비할 수 있다.

하지만 화이트 웜홀은 그 정체에 대해 알려진 바가 전혀 없었다. 그 안이 어떤 세상인지, 정말로 안전한 것인지.

보라색 웜홀처럼 몬스터가 튀어나올 수도 있고 아닐 수도 있었다.

모든 것이 추측이었고 알 길이 없는 웜홀이었다.

그러니 이들이 이렇게 예민하게 구는 게 이상하지는 않았다.

웜홀을 막는 데 들어간 콘크리트의 양은 도시 하나를 통째로 만들 수 있을 정도의 양이었고 우주에서도 보일 정도로 규모가 컸다.

그 큰 것이 전부 비어 있는 공간이 아닌 콘크리트 덩어리였다.

작은 문을 만든 이유도 그것이었다.

거대한 몬스터가 웜홀 밖으로 나오면 세상에 나오지 못하게 하기 위함이었다.

작은 몬스터라도 가드륨을 듬뿍 넣어 만든 저 특수 제조한 수백 개의 문을 통과하지 못할 것이다.

영웅은 수많은 문을 통과하면서 신기한 표정으로 그 두꺼운 문들을 바라보았다.

"이건 정말로 튼튼해 보이네요."

"아! 저희 회심의 역작입니다. 가드륨과 전설의 금속인 오르하리콘, 만년한철을 섞어 만들었습니다. 그 무엇도 저것을 뚫지 못한다고 장담할 수 있습니다."

"그래요? 신기하네. 이거 하나만 제가 건드려도 될까요? 강도가 어느 정도인지 정말로 궁금해서요."

영웅의 질문에 아몬드가 힘차게 고개를 끄덕이며 자신 있는 표정으로 말했다.

"물론입니다! 영웅 님이 아무리 강하다고 하여도 그 문에 흠집을 내는 것을 불가능하다고 장담할 수 있습……."

말이 채 끝나기고 전에 이미 영웅의 손가락이 절대로 뚫릴 것 같지 않은 단단한 문의 겉면을 뚫고 쑥 들어가고 있었다.

순간 문이 특수 재질로 이루어진 것이 아니라 젤리로 이루어진 것이 아닐까 하는 착각마저 들 정도였다.

"오! 생각 외로 단단하네."

젤리 속에 손가락을 넣듯이 찔러 넣으면서 할 소리는 아닌 것 같았다.

아몬드는 말이 없었다.

그는 지금 말을 할 수가 없는 상태였다.

입을 하도 크게 벌려서 턱이 빠진 상태였으니까.

"주인! 저도 해 보고 싶습니다."

아더는 영웅이 하는 모습에 호기심을 느끼고 자신도 문에 손가락을 찔러 넣었다.

하지만 아더는 조금의 흠집도 내지 못하고 겉에서 낑낑거렸다.

"으그그극! 우와! 엄청 단단합니다! 주인! 어찌한 겁니까?"

"응? 뭘 어찌해? 그냥 찔러 넣으면 되지."

"주인은 정말 인간이 아닙니다! 이건 말이 안 됩니다."

아더 역시 경악을 하며 영웅에게 연신 감탄하고 있었다.

리차드 역시 놀란 표정으로 영웅을 바라보았다.

아더의 힘에 대해선 누구보다 잘 알고 있는 리차드였다.

그런 아더도 흠집 하나 내지 못한 저 문을 무슨 말랑말랑한 젤리 속에 손가락을 집어넣듯이 넣고 있었다.

'과연……. 마스터.'

한편 이 엄청난 모습에 턱이 빠진 것도 모른 채 놀라던 아몬드. 그의 눈에는 영웅에 대한 엄청난 신뢰가 생겨나고 있었다.

리차드가 졌다는 소리에 그저 그러려니 하고 생각만 했는데 지금 보니 정말로 인간이 아니었다.

'저, 저런 강함이라니. 그, 그러니 저분이 마스터로 모시는 것이겠지.'

신뢰가 샘솟듯이 마구 넘쳐흐르기 시작했다.

아몬드는 빠진 턱을 재빨리 맞추고 영웅에게 찬사를 보내기 시작했다.

"대, 대단하십니다! 이런 말도 안 되는 강함은 접해 보질 못했습니다. 세계 최강은 바로 영웅 님이십니다!"

아몬드의 말에 리차드가 정정해 주었다.

"이보게, 세계 최강이라니 그런 실례의 말이 어디 있는가!"

"네? 제, 제가 무슨 실수라도……?"

"마스터는 우주 최강일세."

리차드는 그렇게 정정하고는 아주 자랑스러운 표정으로 고개를 한껏 치켜세웠다.

아더는 그런 리차드의 말에 손뼉을 치며 동감을 표현하고 있었다.

"이야, 너 이제야 좀 제대로 된 생각을 하는구나. 그렇지! 우리 주인은 우주 최강이시지."

"하하, 이제야 알아본 제가 바보입니다."

"이제라도 알면 되었지. 우리 주인이 우주 최강이라는 걸 말이야."

이대로 두었다가는 이곳에서 끝도 없이 자신을 찬양하는 말만 할 것 같기에 영웅은 고개를 절레절레 흔들면서 아몬드에게 재촉했다.

"빠, 빨리 갑시다. 이, 이러고 있을 시간이 없어요."

그리 말하고는 서둘러서 앞으로 나가는 영웅을 보며 리차드가 웃었다.

"허허, 쑥스러워하시기는. 어떠한가. 나의 마스터는 저렇게 인간적인 면도 잔뜩 가지고 계시다네. 허허허. 어서 가세."

그리 말하고는 서둘러 영웅의 뒤를 쫓는 리차드를 보며 아몬드의 눈에도 어떤 변화가 보이고 있었다.

아몬드의 눈은 리차드가 아닌 영웅의 등을 바라보고 있었다.

'저분의 품 안에 있고 싶다…….'

마음의 소리를 되뇌며 서둘러 뒤따르는 아몬드였다.

"주인! 그냥 바로 따라가겠습니다!"

"안 돼! 위험해. 확실하지도 않은 위험에 널 빠지게 할 순

없어!"

화이트 웜홀 앞에서 아더가 생떼를 부리고 있었다.

자신도 무조건 따라가겠다고 저렇게 우기고 있었고 영웅은 절대로 안 된다며 반대하고 있었다.

"명령이야! 여기서 기다리고 있어!"

결국 영웅은 명령이라는 말까지 꺼내 들었다.

그 단호한 모습에 아더가 시무룩한 표정을 지었다.

영웅은 아더가 왜 저러는지 잘 알고 있었고, 아더 역시 영웅이 왜 자신이 따라가지 못하게 하는지 잘 알고 있었다.

서로가 서로를 걱정하고 있는 것이었다.

"내 말 들어. 금방 이곳으로 오는 웜홀을 찾아서 돌아올 테니까 기다리고 있어. 저쪽과 이쪽의 시간 차이를 보았을 때 대략 하루는 넘기지 않을 테니까."

아더는 마지못해 고개를 끄덕였다.

"주인! 조심하십시오."

아더의 말에 영웅이 씨익 웃으며 말했다.

"내가 누구냐. 우주 최강이다. 그러니 걱정하지 말아라."

둘의 애틋한 이별 장면을 지켜보던 아몬드는 조심스럽게 눈치를 살피며 그들의 사이에 끼어들었다.

"저……. 모든 준비가 다 되었습니다."

아몬드의 말에 영웅이 고개를 끄덕였다.

곧 아더와 리차드를 바라보며 활짝 웃어 주고는 웜홀 속으로 거침없이 뛰어 들어갔다.

이번에는 또 어떤 세상이 기다리고 있을까 기대하는 표정으로.

영웅이 사라지는 장면을 지켜보던 리차드와 아몬드, 그리고 아더까지 걱정 가득한 표정으로 그것을 지켜보았다.

그러다가 아더가 다급하게 휴대폰으로 어딘가로 전화를 걸었다.

–여보세요.

"바, 방금 주인이 화이트 웜홀로 들어갔다. 저, 정말로 괜찮은 거 맞지?"

–아! 주군께서 들어가셨습니까? 네, 걱정하지 않으셔도 됩니다. 여기 화이트 웜홀에 들어가셨을 때는 30분 정도쯤에 다시 모습을 드러내셨으니까 기다리시면 금방 나오실 겁니다.

"정말이지? 확실한 거지?"

–하하. 아더 님도 주군을 못 믿으시는 겁니까?

연준혁의 말에 아더가 보이지도 않는 연준혁을 향해 고개를 끄덕이며 말했다.

"난 믿지! 암 믿고말고!"

–바로 그겁니다. 믿고 기다리시면 됩니다.

"알았다."

화이트 웜홀 속으로 들어오면 언제나 시작은 비슷한 것 같았다.

긴 잠에서 깨어나는 기분.

영웅의 귀로 처음 듣는 언어가 들려오고 있었다. 그것은 자신이 알고 있던 그 어떤 언어도 아니었다.

정말로 처음 듣는 언어였다.

영웅은 눈을 뜨고 주변을 둘러보다가 이상한 언어로 대화하는 괴생명체들을 바라보았다.

그들의 눈 주변에는 검은 문양들이 가득했고 등에는 날개처럼 생긴 무언가가 움직이고 있었다. 또한 귀가 길쭉하니 하늘 높게 솟아 있었다.

눈에는 붉은빛이 감돌고 있었고 피부는 전체적으로 회색빛을 띠고 있었다.

하나는 뾰족한 머리를 하고 있었고 또 하나는 긴 머리를 하고 있었다. 심지어 이마 쪽에 작은 뿔까지 솟아나 있었다.

어찌 되었든 인간인지 아닌지 구분하기가 애매하게 생긴 생명체들이었다.

둘은 영웅이 일어났는지도 모른 채 서로 대화에 집중하고 있었다.

"크크크. 겁도 없이 이곳에 발을 들이다니."

"우리가 이곳에 있다는 것을 알면 저놈이 왔겠어? 대충 시체를 정리하고 마계의 문을 열 준비를 하자고."

"어라? 그런데 저놈의 영혼이 왜 아직도 안 나왔지? 이쯤 되면 영혼이 느껴져야 하는데. 설마 안 죽은 건가?"

"에이, 그럴 리가 있나. 심장이 박살 나고도 살아날 인간은 없……. 아아아아악!"

"깜짝이야! 왜 그래?"

"저, 저길 봐! 이, 인간 놈이 멀쩡하게 살아서 우, 우릴 바라보고 있다아!"

둘은 정말 믿기지 않는 표정으로 영웅을 바라보고 있었다.

"뭐야? 어찌 일어났지? 분명히 심장이 박살 났는데?"

"확실해? 심장이 박살 났는데 저렇게 멀쩡하게 일어난다고? 우리 마족도 아닌 인간이?"

"젠장! 나도 놀랐다고!"

"그보다 저놈……. 뭔가 분위기가 살짝 바뀐 것 같지 않아?"

뾰족 머리 마족이 고개를 갸우뚱거리며 말하자 긴 머리 마족이 영웅을 자세히 바라보며 그 말에 동의했다.

"아크라, 네 말이 맞다. 분위기도 변했고……. 옷도…… 아까 저 옷이 아니지 않았나?"

"글쎄. 인간들 옷에 딱히 신경 쓰질 않아서……. 자쿠, 네가 봐도 뭔가 이상하지?”

“뭐가 되었든 저놈이 인간이라는 사실은 변함없지. 이번엔 확실하게 아주 가루로 만들어 버리자.”

“좋아! 이번엔 내가 하지.”

“확실하게 처리해.”

뾰족 머리 마족, 아크라가 긴 머리 마족 자쿠의 말에 자신만 믿으라는 표정으로 영웅을 향해 움직였다.

한편, 영웅은 둘이 열심히 떠들더니 자신을 바라보며 다가오는 마족을 보며 고개를 갸웃거렸다.

오는 모양새를 보니 좋은 목적으로 오는 것 같아 보이진 않았다.

‘나를 죽이려는 모양이군. 저놈들에게 이곳에 관해 물어봐야겠다. 그나저나…… 말이 통하질 않는데 어찌 물어보지? 처음 듣는 언어를 익히는 데는 최소한 일주일은 걸리는데…….’

일주일이란 시간 동안 저놈들을 끌고 다녀야 하나?

이런저런 고민을 하고 있을 때 자신을 향해 다가오던 마족이 무언가를 중얼거리기 시작했다.

“크하하! 죽어라! 데스 파이어!”

역시나 영웅의 짐작대로 자신을 향한 공격이었다.

기괴한 생물의 손에서 사람 몸만 한 검은 불꽃이 일더니 이내 영웅을 향해 날아왔다.

영웅은 피할 생각도 하지 않고 그것을 고스란히 맞았다.

검은 불꽃이라니.

이보다 호기심이 생기게 하는 공격이 또 어디에 있단 말인가.

'어라? 생각보다 뜨겁진 않은데? 으응? 이놈이 내 몸 안으로 들어오려고 하네?'

검은 불꽃은 영웅의 몸에 부딪치고는 세차게 일렁이기 시작했다.

그 모습이 마치 살아 있는 생명체처럼 영웅의 몸속으로 파고들려고 버둥거리는 것처럼 보였다.

하지만 영웅의 피부를 뚫지 못하고 겉에서만 일렁이고 있었다.

자신의 몸을 뒤덮은 검은 불꽃을 그대로 둔 채로 서서히 몸을 일으키는 영웅이었다.

그 모습에 두 마족, 아크라와 자쿠가 기겁하며 한 걸음 뒤로 물러섰다.

"뭐, 뭐야! 데스 파이어를 맞고도 움직인다고?"

"우, 움직이는 정도가 아니야! 데스 파이어가 힘을 전혀 못 쓰고 있잖아! 저자의 몸에 침투를 전혀 못 하고 있다고!"

"도대체 뭐야? 이, 이런 경험은 처음이라 당황스럽다고!"

"설마 그건가?"

"뭔가가 기억났어?"

"대마왕께서 그러셨잖아! 인간의 잠재력은 엄청나니 절대로 우습게 보면 안 된다고! 인간계 정복에 계속 실패한 이유도 바로 그런 이유라고 하셨어."

"뭐야? 그럼 저자가 그런 부류의 인간이라고? 갑자기? 아까는 분명히 멍청하기가 이를 데 없는 머저리였다고! 제발 살려 달라고 울고불고 난리를 쳤었는데 갑자기 저렇게 변한다고?"

"각성한 것인가?"

영웅이 천천히 일어나 자신들을 지그시 바라보자, 둘은 크게 당황하며 영웅을 신경도 쓰지 않은 채 떠들기 바빴다.

이런 경험은 마족 인생에서 처음 겪었기에 더 크게 당황하고 있었다.

"젠장! 일단 데스 파이어는 통하지 않는다는 것은 알겠군."

"이익! 우리가 언제부터 이렇게 고민했다고! 우리 방식대로 알아보자!"

"좋아! 나도 같은 생각이야! 가자!"

둘은 대화가 끝났는지 고개를 끄덕이고는 영웅의 양옆으로 거리를 벌렸다.

그러고는 한 명은 손을 교차하고 한 명은 활시위를 당기는 모습을 취했다.

그러자 손을 교차한 마족에게서 거대한 산양의 모습을 한 무언가가 소환되었다. 그 산양 모습을 한 기괴한 물체는 영웅을 바라보며 서서히 입을 벌리기 시작했다.

"받아라! 헬 브레스!"

그와 동시에 활시위를 당기는 모습을 취한 마족에게선 거대한 활이 모습을 드러내었다.

한눈에 보아도 끔찍해 보이는 기괴한 뱀들이 꿈틀거리며 영웅을 향하고 있었다.

"이것도 받아라! 고르고스의 분노!"

한 마족의 손에서 등장한 기이하게 꺾여 있는 뿔들을 가진 산양의 모습을 한 소환수.

그것의 입에서 엄청난 열기를 가진 불줄기들이 영웅이 있는 방향으로 모든 것을 태울 것 같은 열기로 쏘아졌다.

또 다른 마족의 손에서는 수십 마리의 괴상한 뱀들이 마치 화살처럼 그 불길 속을 향해 날아가고 있었다.

"크크크! 죽어라! 인간! 지옥의 불길에 완전히 타서 재가 되어라!"

"고르고스여! 지옥의 불길을 더욱더 강하게 타오르게 만들어라!"

괴상한 뱀들이 불길 속으로 들어가 불길과 합쳐지자 불길이 푸른색으로 변하였고, 이내 산양의 입에서 마치 광선이 쏘아지는 것 같은 푸른 빛줄기가 영웅을 향해 발사되었다.

쯔아아아아앙—!

소름 끼치는 소리와 함께 영웅을 향해 빠른 속도로 날아가는 광선을 바라보며 마족들은 즐거운 표정을 지었다.

자신들이 힘을 합치면 그 누구보다 강한 힘을 발휘했다.

소환 계열의 능력을 쓰는 마족과 그것에 더 강하게 버프를 걸어 주는 능력을 지닌 마족이었다.

이 둘이 힘을 합쳐서 못 해낸 일이 없을 정도로 둘은 환상의 콤비였다.

투카카카카카캉—!

다음 권으로 이어집니다